바다에 비가 내릴 것 같아

김종완 단편소설집

eum

개들 5

서로를 바라보고 있었다 19

눈이 내리는 환상 속에서 37

거의 닿을 듯 가까이 51

이곳 73

일요일 어디에나 있을 것 같은 89

바다에 비가 내릴 것 같아 103

개들

영주는 처제들과 멀지 않은 해외로 여행을 갔다. 3박 4일 일정으로. 영주의 남편 민수는 이른 아침 공항에 가서 영주와 처제들을 배웅하고 집으로 돌아왔다. 집으로 돌아온 그는 두 시간쯤 꿈 없이 다시 잠을 잤다. 자고 일어나 보니 영주가 보낸 문자 메시지가 와 있었다.

잘 도착.

민수는 문자에 재밌게 놀아, 답장을 하고 라면을 끓여 먹었다. 아내가 집에 없지만 그는 여느 때처럼 설거지를 하고 집 청소를 하고 빨래를 갰다. 그러고 나서 소파에 누워 있었다. 소파는 작고 좁지만 민수는 거기에 누워 있는 걸 좋아한다. 누워서 스마트폰으로 증권회사 주식 어플을 켜고 시시각각 바뀌는 주식 가격들을 구경했다. 구경만 할 뿐 주식을 사고 파는 일은 거의 하지 않았다. 거의 그냥 그것들을 보고만 있을 뿐이었다.

그리고 그는 작고 좁은 소파에서 자신의 인생에 대해 걱정했다. 그는 매일 비슷한 걱정을 한다. 걱정을 하다가 오후 3시 30분이 됐다. 매일 비슷한 걱정을 하는데 그는 질리지도 않고 걱정을 한다. 어쩌면 걱정을 좋아하는 건지도 모르겠다고 그는 잠깐 생각했다가 '좋아한다'는 말이 거슬려서 다른 말을 찾아야 한다고 생각했다. 주식 시장의 마감 시간은 오후 3시 30분이다. 그 시간이 되면 소파에서 일어나 시가지에 있는 프랜차이즈 햄버거 가게에 파트타임 아르바이트를 하러 간다. 오후 4시부터 8시까지. 그는 일어났다. 소파에서.

아르바이트를 하고 돌아온 민수는 전기밥솥에 밥을 안쳐놓고 샤워를 했다. 냉장고에는 밑반찬들이 있었다. 반찬 가게에서 사 온 것도 있었고 직접 해놓은 것도 있었다. 샤워를 하고 민수는 밥을 먹었다. 냉장고에 있는 반찬들을 모두 꺼내 조금씩 한 접시에 담아서 밥과 함께 먹었다. 평소 같으면 아내가 있었겠지만 오늘 아내는 처제들과 여행을 갔으므로 민수 혼자 저녁을 먹었다. 아내는 반찬들을 접시 하나에 모두 담는 걸 좋아하지 않는다. 아내가 있었다면 접시를 여러 개 꺼내야 했을 것이다. 민수는 독립영화를 찾아보는 걸 좋아한다. 그의 개인적인 생각으로 독립영화는 눈에 힘을 주지 않고 약간 유쾌하고 약간 우울하게 볼 수 있는 영화의 한 종류다. 꼭 독립영화가 아니더라도 그는 그런 영화를 좋아하는데 보고 좋아서 검색해 보면 독립영화다. 아니면 제작비를 많이 들이지 않은 저예산 영화거나. 아무튼 민수는 밥을 먹으며 며칠 전 알게 된 독립영화를 보려고 했는데 스마트폰이 꺼져 있었다. 배터리가 없었다. 그는 충전기를 찾았다. 충전기가 어디 갔는지 도대체 찾을 수가 없었다. 밥 그릇에 담긴 완두콩을 조금 섞은 쌀밥은 먹는 중인 채로 반쯤 남아 있었고 민수는 집 안 곳곳을 뒤지며 충전기를 한참 찾았지만 찾을 수 없었다. 하는 수 없이 영화를 보는 건 포기했다. 그는 마저 밥을 먹었다. 조용하게.
'너무 조용한데?'
그는 생각했다.

민수는 밥을 다 먹고 밥그릇 하나, 반찬 접시 하나, 수저와 젓가락을 설거지했다. 찬물이 나와서 수도꼭지를 옆으로 돌려 온수를 틀었다.

컹

민수는 개가 간결하게 한 번 짖는 소리를 들었다. 설거지는 금방 끝났다. 싱크대 샤워기 물을 끄고 씻은 접시들을 건조대에 말려두고, 민수는 작고 좁은 소파로 가서 누웠다. 오늘따라 집이 너무 조용했다.
'영주가 집에 없어서?'

개가 세 번 더 짖었다. 집이 조용해서 개 짖는 소리가 명확히 잘 들렸다. 집이 조용해서 민수는 자기 자신에 대해 생각했다. 머릿속은 안개 같고, 안갯속에서 하는 혼잣말들과 민수는 대화했다. 앞날을 걱정하고 지난날을 괴로워하는 것도 이제는 좀 지치는 것 같았다. 그의 생각에 자신이 지난날에 무슨 큰 죄를 저질렀다거나 감당할 수 없을 정도로 후회하는 일이 있는 것도 아니었다. 남들도 흔히 겪는 인간 관계의 불협화음 같은 것들, 누구에게도 피해를 주지 않는 비밀들, 상대는 벌써 잊어버렸을 말실수 같은 것들로 괴로워했다. 앞날도 마찬가지다. 일어나지도 않은, 일어나지도 않을, 일어나지 않았으면 하는 일들이 마치 지금 그의 앞에 있는 듯 그를 괴롭혔다. 모두 자기 자신이 만들어낸 허상이라는 것도 알지만 그는 종종 불안감에 휩싸였다. 허상이라는 확신은 없기 때문이다. 아주 조금은 허상이 아닐지도 모른다는 생각이 틈을 만들고 조금의 틈만 있어도 불안감이 물처럼 새어 들어왔다. 민수는 아무 생각 없이 조용하게 있고 싶었다. 집은 너무도 조용했다. 얼마 전 인터넷에서 본 영상에서는 마음이 불안하고 생각을 비우고 싶으면 심호흡을 해보라고 했다. 숨을 들이마시고, 내뱉고. 들이마시고, 내뱉고. 이 간단한 행위조차 그는 쉽지 않았다. 집중이 잘 되지 않고 자꾸만 이런저런 생각들이 틈을 비집고 들어왔다. 숨만 쉬고 있는 건 그에게 생각보다 어려운 일이었다.

컹 컹

안갯속 걱정들을 애써 외면하며 자신의 숨소리에 집중해 보려고 하는 민수의 귀에 개가 짖는 소리가 또 들렸다. '그런데 웬 개야?' 그는 숨을 쉬다 말고 생각했다. 어제까지는 듣지 못했던 소리였다. 그제 옆집에 이삿짐이 들어오는 걸 보기는 봤다. 아마도 새로 이사 온 옆집 사람이 개를 데려온 모양이었다. 그런데 그가 듣기에 개 짖는 소리가 심상치 않았다. 꽤 자주 여러 번 컹컹 짖었다. 불안한 듯. 개가 컹컹 짖으니까 어딘지는 알 수 없지만 또 다른 개가 컹컹 소리에 대답이라도 하는 것처럼 앙앙 짖어댔다. 민수는 컹컹 짖는 개는 앙앙 짖는 개보다 덩치가 클 것 같았지만 개가 짖는 소리만 듣고는 알 수 없는 일이었다. 그는 소파에서 몸을 반쯤 일으켜 번갈아가며 짖는 개들의 대화를 듣고 있었다. 개들의 대화에 어느덧 자신의 숨소리도, 안갯속 걱정들도 잊어버렸다.

컹컹 앙앙
컹컹 앙앙 컹

컹 앙

모르긴 몰라도 개와 함께 사는 사람들은 아마도 집에 없는 것 같았다.

'집에 있었다면 개를 짖지 못하게 하지 않았을까?'

민수는 생각했다. 자기라면 그랬을 것 같았다. 아무래도 여러 가구들이 오밀조밀 붙어 사는 아파트니까.

오늘따라 조용한 집에서, 개 짖는 소리를 듣고 있다가, 민수는 밤이 됐으니 영주가 문자 메시지를 보냈거나 전화를 하지 않았을까 문득 생각이 들었다. 그는 충전기를 다시 찾아봤다. 그리 넓은 집도 아니고 수납장이 많은 것도 아니기 때문에 있을 만한 곳은 모조리 찾아봤다. 어디에도 충전기는 없었다. 혹시 영주가 자기 건 줄 알고 챙겨가 버렸나? 민수는 추측해 봤지만 알 수 없었다. 영주의 충전기도 없었다.

민수가 충전기를 찾는 걸 포기하고 그걸 사러 밖으로 나왔을 때는 늦은 밤이었다. 걸어서 10분 정도 거리에 편의점이 있었다. 민수는 걸어갔다. 가는 도중에 개를 봤다. 덩치가 큰 푸들이었는데 스마트폰 화면을 보며 걷는 사람과 함께 산책 중이었다. 그 사람은 한 손에는 스마트폰, 한 손에는 푸들과 연결된 목줄을 잡고 있었다. 푸들이 덩치가 커서 그랬는지 사람이 산책에는 관심이 없어 보여서 그랬는지 푸들이 사람을 데리고 여기저기 돌아다니는 것 같았다. 그런데 푸들이 가다 말고, 가다 말고, 몇 번씩 민수를 아리송한 눈으로 쳐다봤다. 모퉁이를 돌아가기 직전에는 고개를 갸우뚱하기도 했다. 작게 한 번 끄르 룽 대기는 했지만 기분이 좋지 않은 건 아닌 것 같았다. 무슨 의미일까? 민수는 푸들이 왜 그랬는지 알 수 없었다. 나름의 이 유가 있을 거라고 뭉뚱그려 생각하고 말았다. 다만 푸들을 보 고 왠지 모를 우울감이 느껴졌는데 그것이 푸들의 우울감인지 자기 자신의 우울감인지는 알 수 없었다. 누구의 우울감인지가 중요한 것 같지는 않았다.

동네는 쓸쓸하고 춥고 한적하고 어두웠다. 그리고 조용했 다.

'오늘따라 왜 이렇게 조용하지?' 민수는 생각했다. 동네는 평소와 다를 게 없고 늘 다니던 길인데, 너무도 조용했다. 조용 함을 느끼는 감각 같은 게 오늘따라 예민한 것 같기는 했다. 길 건너 어둠 속에서 혼자 환하게 불을 밝히고 있는 편의점을 향 해 갔다. 경중경중. 추운 겨울이다. 별생각 없이 밖으로 나온 그는 양말도 신지 않고 맨발에 슬리퍼만 신었다. 발이 시렸다. 특히 새끼발가락 끝이.

민수는 자동차도 다니지 않는 횡단보도에서 신호가 바뀌 길 기다렸다가 길을 건너 편의점에 들어갔다. 점원이 없었다. 민수는 편의점을 돌아다니며 충전기를 찾았다. 이어폰도 있고 USB도 있고 건전지도 있고 민수의 스마트폰과는 맞지 않는 충전기도 있었는데 민수에게 필요한 충전기만 없었다. 몇 번이고 찾아봐도 없었다. 혹시 창고나 다른 곳에 있을 수도 있으니까 점원에게 물어보려고 몇 분 기다렸는데 점원도 오지 않았다. 민수는 갑자기 편의점 불빛이 꺼지는 상상을 했다. 사실은 영업하지 않는 편의점인데 불이 켜 있고 문이 열려 있다고 착각을 했는지도 모른다고 민수는 생각했다. 사람들은 많은 착각을 한다. 어쩌면 착각 속에서 살고 있는지도 모른다. 민수도 마찬가지다.

편의점을 나와 민수가 다시 횡단보도를 건너와 길 건너편을 돌아봤을 때 편의점으로 점원이 들어가고 있었다. 아무리 찾아봐도 없었으니까, 하고 집으로 돌아가려다가, 혹시나, 하고 민수는 다시 경중경중 편의점으로 갔다. 분명 점원이 편의점으로 들어간 걸 봤기 때문에 편의점 계산대에 점원이 앉아 있었다. 민수는 점원에게 스마트폰 충전기가 있는지 물었는데 점원은 충전기가 있다고 했다. 하지만 그 충전기는 아까 민수가 확인했던 자신의 스마트폰과는 맞지 않는 충전기였다. 다른 게 없는지 물어봤는데 점원은 그건 없다고 했다. 민수는 알았다고 했다. 그러고는 나가려다가 간식이라도 사야겠다 싶어 편의점 안을 한 바퀴 돌았다. 그는 육포와 맥주를 사서 집으로 돌아왔다.

오늘따라 조용한 집에 들어온 민수는 손을 씻고, 소파에 누워 TV를 켰다. 심야에 하는 클래식 합주 공연이 방영되고 있었다. 그걸 그저 틀어두고, 그는 동그란 식탁에 편의점에서 사 온 맥주와 육포를 꺼내두었다. 스마트폰 충전기가 있었다면 스마트폰을 켜고 이것저것(아까 낮에 못 봤던 독립영화) 봤을 것이다. TV를 켜고 심야 클래식 공연을 보며 육포와 맥주를 먹고 있으니 왠지 1996년에 사는 어른이 된 것 같았다. 지금이 아니라 1996년의 어른이었다면 좀 덜 불안해하며 살고 있었을까? 그는 잘 알 수 없었다. 아마도 1996년 겨울밤이었을 것이다. 아이였던 그가 거실 소파에 앉아 TV를 보며 맥주를 마시는 아버지의 모습을 멍하니 바라보고 있었던 것은. 그의 머릿속에 아버지의 그 모습이 문득 떠올랐다. 뭐가 뭔지 몰랐지만 그의 눈에 그 모습은 평화로워 보였고, 편안해 보였다. 늘 그랬던 것은 아니지만 TV를 보며 맥주를 마시는 아버지는 늘 다정했었다.

 민수는 맥주를 한 모금 마시고, 편의점에서 사 온 육포를 먹었다. 그런데 어쩐지 육포 맛이 밍밍한 것 같았다. 무슨 맛인지 별맛이 없었다. 혀에 분명 육포가 닿았는데 예상했던 육포 맛이 나지 않으니 이상했다. 봉지에 든 육포를 반쯤 씹어 먹고 나서야 그걸 알았다. 포장지 뒷면을 살펴보니 개가 먹는 육포였다. 포장지에 작은 글씨로 '휴먼 그레이드'라고 쓰여 있었다. 그리고 그보다 더 큰 글씨로 '강아지용'이라고 쓰여 있었다. 결론적으로 강아지 먹으라고 만든 육포지만 아무튼 민수가 먹어도 되긴 되는 육포였다.

'내가 왜 이걸 집어 왔을까?' 민수는 가만히 생각해 봤다. 편의점이 다소 좁아서 헷갈릴 수는 있었지만, 강아지용과 사람용은 충분히 구분할 수 있었을 것 같은데. 그런데 조금의 의심도 없이 맥주와 강아지용 육포를 사 왔다. 민수는 그러고 보니 편의점 점원이 고개를 갸우뚱했던 게 기억났다. 민수의 착각일 수도 있지만.

또 개가 짖는다.

민수는 개 짖는 소리에 귀를 기울였다. 컹컹, 앙앙. 그는 맥주캔을 입속으로 기울였다. 두 캔을 다 마시고 세 캔째……. 그는 슬그머니 몸을 기울였다. 먹다 보니 '휴먼그레이드 육포'도 다 먹어버렸다. 얼굴이 뜨끈뜨끈하고 코에서는 더운 콧김이 나오는데, 어렴풋이 밖에서 누군가 소리쳤다. 그만 짖어!

민수는 개 짖는 소리가 듣기 싫지 않았다. 궁금했다. '도대체 둘이 무슨 말들을 하는 건데…….' 그러다 자기도 모르게 멍! 하고 꽤 큰 소리로 짖어버렸다. 개들과 이야기하고 싶었던 걸까? 그가 멍! 하자 갑자기 개들이 짖는 걸 멈췄다. 멈춤 버튼을 누른 것처럼. 밖에서 누군가 또 소리쳤다. 한 마리가 더 있네!

개들은 잠시 조용했다. 1, 2분쯤. 그리고 다시 그르렁 컹!

짖었다. 분명히 그렇게 짖었는데, 웬일인지 민수는 그게 무슨 뜻인지 알 수 있었다. 어떻게 그걸 알아들을 수 있는지 그는 알 수 없었다. 너무도 자연스럽게 그걸 알아듣고 있었다. 어쩌면 강아지 육포를 먹어서 그럴 수 있었는지는 모르겠지만, 아무튼 그르렁 컹! 하는 소리는 이런 뜻이었다.

누구야?

그런 다음 낑낑 앙! 다른 개가 짖었다. 그건 이런 뜻이었다.

개 맞아?

민수는 입을 꾹 닫고 있었다. 개들은 심기가 좀 불편했는지 으르렁 그르렁 나가고 싶다 나가고 싶다 하더니 곧 조용해졌다. 창문을 열어놔서 집에 찬바람이 휭 불었지만 민수는 창문을 닫지 않았다. 민수는 맥주캔에 남은 맥주를 마저 다 마시고, 인간답지 않다는 걸 알지만 마지막으로 한 번만 더 멍! 짖고 싶었다. 이번에는 어떤 의미를 담고 싶었다. 그러니까 지금 하고 싶은 말을 생각하며 짖어보기로 했다. '개들은 내 말을 알아들을 수 있을까?' 민수는 궁금했다. 민수는 무슨 말을 할까 하다가 생각나는 대로 말해봤다. 난 지금 충전기가 없어서 스마트폰을 못 봐! 멍멍! 왈!

잠깐 조용했다가, 이윽고 어떤 개가 말을 했다.
난 스마트폰 싫어!
다른 개도 말을 했다.
나도!

다른 사람에게는 그저 아닌 밤중에 개들이 짖는 소리로만 들렸겠지만, 민수의 귀에는 그렇게 들렸다. 민수는 개들과의 대화가 즐거워서 킥킥대며 웃었다.

다음 날 아침에 일어나 민수는 평소와 다름 없이 생활했다. 그는 개들과 함께 짖어댔던 어젯밤이 정말 재미있었다. 어떻게 그럴 수 있었을까? 민수는 아리송했지만 어젯밤 재미있었던 기분이 술기운처럼 아직 남아 있었다. 아침이 돼 술이 깨서 그랬을까 강아지 육포가 다 소화가 돼서 그랬을까 다음 날에는 개들이 짖어도 무슨 말인지 알아들을 수 없었다.

며칠 뒤 영주가 여행을 마치고 집으로 돌아왔을 때 집은 깨끗했고 민수는 아내와 소파에 나란히 앉아 소란스럽게 대화를 했다. 충전기는 영주가 민수 것까지 두 개를 챙겨 갔었다.

"나 없는 동안 뭐 하고 있었어?"

영주가 물었다.

"평소랑 거의 똑같았지."

"거의?"

"어. 충전기가 없어서 스마트폰을 못 봤어."

"내가 모르고 두 개 다 챙겨 가버렸어."

"괜찮아. 근데 그거 알아?"

"뭐?"

"개들은 스마트폰을 싫어한대."

"그래? 그런 말은 처음 들어보는데."

"그렇다더라." 민수가 말했다. 영주가 바람 빠지는 소리를 내며 작게 웃었다.

"여행은 어땠어?"

"여행? 뭐 그럭저럭……. 근데 무슨 일이 있었냐면……."

영주가 여행 중에 있었던 일을 하나 이야기하는데 중간에 어떤 개가 컹컹 짖었다. 민수는 고개를 끄덕이며 그걸 들었다.

서로를 바라보고 있었다

　우리는 문을 닫았다. 창문도 닫았다. 8월이다. 갑자기 정전이 됐기 때문에 에어컨을 켤 수도, 선풍기를 켤 수도 없었다. 어디 부채 없나? 얼굴을 향해 손바람을 일으키며 인지가 말했다. 인지는 손이 작아서 손바람도 약하다. 부채는 없다. 부채는 없어. 내가 말했다. 잡동사니를 넣어두는 수납장에 파리채가 있다는 게 생각났다. 그걸 인지에게 말하지는 않았다. 정전이 된 지는 2시간 정도 지났다. 현관문은 물론이고 창문, 베란다 문까지 열릴 수 있는 것들은 다 닫아놓았다. 간지럽고 어둡고 긴 땀 한 줄기가 흘러내렸다. 더워서.
　인지는 커튼을 조금만 열고 조심스럽게 베란다를 살펴보고 있다.

　　아직 있어?

나는 인지에게 작은 목소리로 물었다. 인지 역시 작은 목소리로, 그보다 더 작은 느낌표를 말끝에 붙여서 말했다.

어, 아직 있어. 있어.

꾸룩 꾸루룩, 꾸루룩 꾸루룩…….

꾸룩 꾸루룩 소리가, 닫아놓은 창문 너머 잔잔한 파도 소리처럼 작고 일정하게 들린다. 숨소리 같기도 하고 신호음 같기도 하다. 나로서는 알 수가 없다. 지금은 밤이다. 2시간 전 우리는 저녁을 차려서 먹고 있었다. 저녁 메뉴는 프라이팬에 데우기만 하면 되는 반조리 고등어구이와 열무김치, 쌀밥이었다. 인지가 외국에 다녀온 친구에게 선물을 받았다며 커피 원두를 가져왔길래 저녁밥을 먹고 그걸 내려서 마셔보기로 했다. (커피 맛은 잘 모르지만.)

밥을 거의 다 먹었을 때쯤 나는 전기 포트에 물을 넣고 스위치를 눌렀다. 하지만 램프에 불이 들어오지 않았다. 가만 보니 식탁 옆에 틀어놓은 선풍기도 꺼져 있었다. 전등도 켜지지 않았다. 무선공유기도 작동되지 않았고 와이파이 신호도 잡히지 않았다. 무슨 일인지 스마트폰도 되지 않았다. 갑자기 정전이 된 모양이었다.

여름 해가 지고 있었다. 창밖에 파란색이 남아 있었다.

무슨 일인지 모르겠네…….
커피 봉투를 뜯으며 인지가 중얼거렸다. 건너편 아파트에 켜진 전등이 있는지 확인해 보려고 나는 베란다로 갔다. 그런데 그때 어디선가 꾸룩 꾸루룩 소리가 들렸다. 그 소리는 작지만 가깝게 들렸다. 그리고 뭔가 알 수 없는 냄새가 났다. 무슨 냄새지? 풀 냄새 같기도 하고 연못의 진흙 냄새 같기도 했다. 커피 냄새 같기도 했다. 나는 창밖을 봤다. 건너편 아파트를 봐도, 가로등을 봐도, 켜진 전등이 하나도 없었다. 무슨 일인지 베란다 방충망이 3분의 1쯤 열려 있었다. 그걸 닫으려고 하니까 꾸룩 꾸루룩 소리가 좀 더 크게 들렸다. 나는 불안해졌다. 나를 불안하게 하는 꾸루룩 소리를 찾으려 고개를 돌렸다. 베란다 끝 쪽, 그러니까 세탁기가 놓여 있는 베란다 공간 끝에 뭐가 있었다. 나는 나도 모르게 입을 벌려 소리를 냈다.

어?

그 소리에 그 무언가와 나, 서로 눈이 마주쳤다.
나는 당황했다. 일단 재빠르고 조용히 안으로 들어왔다. 들어와서 베란다로 가는 문을 닫아 잠그고, 무슨 일인지 모르겠네 하며 어리둥절해하는 인지에게 가서 말했다. 인지는 커피

봉투 입구를 손으로 뜯다가 못 뜯어서 가위를 찾고 있었다.

    가위 어딨어?
    뭐가 있어. 꾸루룩 씨가 있어.
    아니 가위 어딨냐고.
    꾸루룩 씨가 있다니까.
    꾸루룩 씨?
    어.
    그게 누군데?
    베란다에 있어. 꾸루룩 하고 있어.
    꾸루룩 씨가?
    어.
    그게 뭔데?
    꾸루룩 씨. 뭔지는 몰라.
    왜?
    꾸룩 꾸루룩 하고 있어.
    왜?
    그건 나도 모르지.
    뭔 소리야.
    아무튼 가서 봐봐.

인지는 미간에 심각한 삼각형을 만들어 경계심을 드러냈

다. 인지는 조심스럽게 닫아놓은 베란다 문 너머를 살폈다. 어둑하게 해가 거의 저물고 있지만 희미하게나마 파랗게 빛이 남아 있었다.

뭐가 없는데?
있어. 베란다 끝에. 세탁기 있는 데.
잘 안 보여.
잘 봐봐.
잘 안 보인다고.

그때 꾸룩 꾸루룩 소리가 났다. 문이 닫혀 있지만 그 소리는 들렸다.

어? 진짜 꾸루룩 소리가 나네.
인지가 속삭였다. 그리고 꾸루룩 씨가 몇 걸음 움직였는지 베란다에 놓아둔 재활용품들을 모아놓은 봉투가 와라락 쓰러졌다. 꾸룩 꾸루룩! 꾸루룩 씨가 놀랐는지 순간 꾸루룩 소리가 크게 났다.

와 저게 뭐야!

꾸루룩 씨가 시야에 들어온 인지가 자기 입을 손으로 막은 뒤 냅다 소리를 질렀다. (아니 냅다 소리를 지른 뒤 입을 막았

나? 모르겠다.)

인지는 몇 걸음 뒤로 물러나며 내게 말했다.

도망가야 하는 거 아니야?

나는 당황했지만 생각을 했다. 인지 말대로 도망가야 할 것 같기도 하지만, 갑자기 알 수 없는 이유로 정전이 됐고 스마트폰도 되지 않는데 밖에 나간다고 더 안전할 거라는 보장도 없었다. 그렇다고 정체를 알 수 없는, 꾸루룩 씨가 베란다에 있는데 집에 있는 것도 불안한 일이다. 이런저런 생각에 나는 불안해졌다. 일단 꾸루룩 씨가 위험한지 위험하지 않은지부터 확인을 해야 했다. 꾸루룩 씨가 우리를 해치지 않는다면 집에 있는 것이 더 나을 수도 있을 것 같았다. 별일 없이 시간을 보내면 군인이나 경찰, 소방관, 이런 사람들이 우리를 구해줄 테니까. 아무튼 꾸루룩 씨를 잠시 지켜보기로 했다. 꾸루룩 씨가 위험한 존재이고 나를 해칠 생각이 있었다면 아까 베란다에서 눈이 마주쳤을 때 내가 공격했어야 했다. 하지만 꾸루룩 씨는 그저 날 봤고 서로 놀랐을 뿐 별다른 행동은 하지 않았다.

아마도 열린 방충망으로 들어온 것 같아.

고백하듯 내가 말했다. 인지는 나를 노려봤다.

방충망을 왜 열어놨어?

몰라. 내가 왜 그랬지? 기억이 안 나.

아이고. 여름에는 방충망을 잘 닫아야지. 벌레가 들어온다고.

아무튼 밖에서 들어온 건 맞는 것 같아.

당연히 밖에서 들어왔겠지. 저 큰 벌레가.

그러니까 밖에서 들어왔다는 건 밖에도 꾸루룩 하는 것들이 많이 있을 수 있다는 거 아니겠어?

그건 그렇지.

일단은 집에 있어 보자. 다시 갈 수도 있잖아. 아무 일 없이.

근데 왜 아까부터 저걸 꾸루룩 '씨'라고 하는 거야? 벌레한테 왜 '씨'를 붙여?

왠지 그렇게 해야 할 것 같아. 벌레라고 하면 기분 나쁠 수 있잖아. 조심해야지.

조심해서 나쁠 건 없지.

그렇지.

꾸루룩 씨는 아주 큰 벌레다. 그렇게 생겼다. 꾸룩 꾸루룩 소리를 내는 벌레 혹은 곤충. 제대로 본 건 아주 찰나였지만 그는 벽에 손을 아니 발을 짚고 서 있었는데 세탁기 높이와 비교해서 봤을 때 대략 짐작해 보면 160cm 정도 되는 것 같았다. 메뚜기인가? 곤충에 대해 잘 몰라서 정확히는 모르겠지만 메뚜기이거나 그 비슷한 무언가인 것 같았다. 나는 성경에 나오는 메뚜기 재앙을 떠올렸다.

세상의 종말이 다가온 걸까.

아니야…… 메뚜기는 아닌 것 같아.
인지는 베란다 문 유리에 이마를 밀착하고 꾸루룩 씨를 살펴봤다. 가만 보니 메뚜기는 아닌 것 같고 여치인 것 같다는 의견을 냈다. 왜냐하면 배가 통통하고 날개가 몸에 비해 짧아서.

배가 통통하고 날개가 짧으면 여치라고 초등학교 때 배운 것 같아.
그런 것도 배웠어?
내가 시골 출신이라는 말을 하는 거야?
아니야. 그런 말이 아니야.
시골 출신이 어때서?
그런 게 아니래도.
너도 배웠을걸. 기억하지 못할 뿐이지.
기억하지 못하면 배운 게 아니지 않을까?
아 또 뭔 소리야. 가끔 사람 짜증 나게 하더라.
어?
뭐? 왜?
움직인다.

그러니까 아주 몸집이 큰 여치, 꾸루룩 씨가 꾸룩 꾸루룩 하며 날개를 파르르 몇 차례 움직이며 좀 요란하게 우리 쪽으로 다가왔다. 꾸루룩 씨는 우리 쪽을 보고 있지 않았고 창밖에 시선을 두고 있었다. 밖에 나가고 싶나?

곤충이 어떤 식으로 보는지 잘 알 수는 없지만. 내 느낌상 여치 꾸루룩 씨는 창밖을 보고 있는 것 같았다. 창밖에 뭐가 있지? 꾸루룩 씨는 인지 말대로 몸에 비해 날개가 짧고 배가 통통하다. 그 말이 맞다면 꾸루룩 씨는 여치다. 메뚜기가 아니어서 다행이라는 생각이 들었다.

인지와 나는 감시를 하듯 함께 꾸루룩 씨를 좀 더 살펴보다가 조심 조심 걸어 부엌 식탁으로 왔다. 나는 꾸루룩 씨가 도대체 왜 우리 집 베란다에 있는지 왜 가지 않고 꾸루룩 소리만 내고 있는지 골똘히 생각해 봤다. 인지도 생각에 잠겨 있었다. 하지만 우리 둘이 부엌 식탁에서 생각해 본다고 해서 사실을 알 수는 없었다. 그렇다고 베란다 문을 열고 꾸루룩 씨에게 가서 물어볼 수도 없다. (그건 좀 위험하다는 생각이 든다.) 물어본다고 대답해 줄지도 모르고 대답해 준다고 해도 여치의 언어와 사람의 언어가 다를 테니까 그걸 내가 알아들을 수 있을지도 모를 일이다. 그런데 순간 인지가 눈이 동그래져서 내게 물었다. 우리는 최대한 소곤소곤 대화하려고 노력했다.

만약 꾸루룩 씨가 우릴 공격하면 어쩌지?

그러면 큰일이지. 바로 죽음이야.

맞아. 바로 죽음이지. 발에 톱니 같은 게 있으니까. 독도 있으려나?

근데 우리가 먼저 공격하지 않으면 괜찮을 것 같기도 해. 직감적으로는.

나도 같은 생각이야. 그런데 직감이 틀릴 수도 있으니까……. 생각해 보면 너의 직감이 잘 맞지가 않으니까…….

만약에 공격당하면 그냥 내가 먼저 죽을게. 조금이라도 덜 무섭게.

뭐지? 용감한 것 같으면서 겁쟁이 같아. 근데 문이며 창문이며 다 닫아놓으니까, 덥다. 진짜 너무 더워.

어, 더워. 덥고 답답해.

땀 난다. 줄줄 흘러.

넌 원래 땀이 많잖아.

내가 시골 출신이라서?

그런 말이 아니야!

조용히 해.

목소리가 좀 컸나?

어. 꾸루룩 씨를 자극하면 안 돼.

우리가 이야기하는 동안 파란색은 까만 밤이 됐다. 까만 밤에 달이 떴다. 풍성한 여름 구름이 달을 가렸다 내보였다 하고 있었다. 구름이 달을 가리면 아무것도 보이지 않았다가 달빛이 나오면 주변이 조금 보였다. 답답하고 덥고 땀이 줄줄 흐른다. 인지와 나는 꾸루룩 씨를 살펴보다가 다시 부엌 식탁으로 왔다가 달빛이 나온다 싶으면 다시 꾸루룩 씨를 살펴봤다. 그것 말고는 정전에 스마트폰도 먹통이라 달리 할 수 있는 게 없었다. 꾸루룩 씨가 있는 걸 확인한다고 해서 불안하지 않은 건 아니었지만, 꾸루룩 씨를 확인하지 않으면 불안했다.

세상은 조용하고 소곤소곤 나누는 우리의 말 소리와 희미한 꾸루룩 소리만 들렸다. 갑자기 전기와 전파가 끊긴 이 밤에 현대인이 할 수 있는 게 뭘까? 잘 생각이 나지 않는다. 그래도 인지와 함께 있어서 다행이었다. 다른 사람들은 뭘 하고 있을지 궁금했다. 지금 집집마다 꾸루룩 씨가 있는 상황이라면, 누군가는 꾸루룩 씨를 공격해 집에서 쫓아냈을 수도 있을 것 같다. 아니면 꾸루룩 씨에게 공격 당한 사람들도 있을 수 있겠고. 어쩌면 우리 집 베란다에 있는 꾸루룩 씨가 그나마 공격적이지 않은 성격일 수도 있겠다는 생각을 했다. 지금은 밤 9시가 조금 넘었다. 벽에 걸린 시계가 건전지로 작동하는 시계여서 시간 정도는 알 수 있다. 인지는 소파에 앉아 손으로 두피 마사지를 하고 있다.

이게 무슨 소리지?
인지가 말했다. 인지는 나보다 귀가 밝다. 그 말을 듣고 보니 내 귀에도 무슨 소리가 들린다. 빗소리다. 후두둑 비가 내리고 점점 굵어진다. 달빛이 사라지고 갑자기 비가 내린다. 8월 여름에는 언제나 갑자기 비가 내릴 수 있다. 꾸루룩 소리도 빗소리에 묻혀 들리지 않는다. 눈을 감은 것처럼 눈을 뜨고 있어도 까만 밤뿐이다. 나는 하는 수 없이 스마트폰 손전등을 켰다. 인지의 스마트폰은 배터리가 없어 꺼졌고 내 스마트폰은 배터리가 10%밖에 남지 않았지만 아무것도 보이지 않아서 잠시 켜보기로 했다. 꾸루룩 씨를 확인해야 했으니까.

잠깐만. 누가 노크를 하는데?
누가 왔나? 경비 아저씨? 아님 구조대?
아니야. 현관문이 아니고 베란다 쪽이야.
톡톡 소리는 베란다 쪽에서 났다.
빗소리 아니야?
나는 빗소리라고 했지만 그게 아닌 것 같긴 했다.
이건 노크 소리야. 잠깐 꺼봐, 불빛.

인지가 내 스마트폰을 달라고 해서 줬다. 인지가 뭘 하려는 건지는 알고 있었다. 인지는 스마트폰 손전등 불빛으로 노크 소리가 나는 베란다 쪽을 슬그머니 비췄다. 과연 꾸루룩 씨가 베란다 문을 두드리고 있었다. 불빛을 본 꾸루룩 씨는 기다란 발로 문을 더 열심히 두드렸다. 갑자기 비가 와서 무서운 걸까? 꾸루룩 씨는 안으로 들어오고 싶은 것 같았다. 내 착각일지도 모르지만. 나는 어쩐지 측은한 마음이 들었다. 하지만 불안감이 더 커서 문을 열어줄 수는 없었다. 거대한 여치라는 것 말고는 꾸루룩 씨에 대해 모르는 게 너무 많았다. 아무튼 꾸루룩 씨는 연신 노크를 하고, 인지는 스마트폰 불빛을 껐다.

아무것도 보이지 않는 어둠 속에서 인지와 나는 소파에 나란히 앉아 있었다. 당장 어떻게 할 수도, 알 수도 없는 그런 말들을 주고받았다. 비가 내리고, 꾸루룩 씨는 문을 두드렸다.

계속 이러고 있어?
한 시간쯤 지나고, 인지가 불만스럽게 말했다.
그럼 어떡해?
나가볼래.
안 돼. 꾸루룩 씨가 있잖아.
아니, 현관문 열고 나가보자.
밖으로?
어. 밖에. 뭐가 어떻게 된 건지 조금이라도 알아야겠어.
괜찮을까?
모르지!
느낌이 좋지 않아.
가보자.

역시 어릴 적 시골에서 살아서 그런지 인지는 모험심이 있었다. 나는 스마트폰 조명등을 켜고 현관으로 갔다. 문을 찾아서 조심스럽게 열었다. 내 등 뒤에 인지가 바짝 붙어 있었다. 등에 닿은 인지의 손바닥은 뜨뜻하고 축축했다. 문을 열긴 열었지만 밖으로 나가지 못하고 있는 나에게 인지가 단호하게 한마디 했다.

나가!

그리고 우리는 15초만에 집으로 다시 들어왔다. 스마트폰 손전등을 켜고 문 앞 복도로 나가 밖을 비춰보고 있었는데 밑에 있던 커다란 여치들 수십 마리가 내 스마트폰 불빛을 향해 날아오는 게 보였다. 나는 잠시 멍해서 그걸 보고 있었는데 인지가 단호하게 한마디 했다.

들어가!

그러지 않길 바랐지만 밖에도 꾸루룩 씨 같은 커다란 여치들이, 아주 많이 있었다. 불빛에 홀린 여치들이 아마도 우리 집 현관 앞에 모여 있는 모양이었다. 그것들이 현관문을 두드리고 있다. 베란다에는 꾸루룩 씨가, 현관문 밖에서는 더 많은 수의 꾸루룩 씨들이, 꾸루룩 꾸루룩 톡톡 문을 두드리고 있다. 이 커다란 여치들은 뭐지? 세상이 망한 게 틀림없다고 생각했다. 인지도 비슷한 말을 했다.

우리는 부엌 식탁 밑에 들어가 있었다. 여치들이 문을 두드리는 소리, 꾸루룩 소리, 빗소리가 들렸다. 한참 쪼그려 앉아 있었는데 불편했다. 인지와 나는 손을 잡고 식탁 밑에 다리를 펴고 누웠다. 세상이 망해도 편하게 있자고 하면서. 그리고 스마트폰 손전등 불빛을 모닥불처럼 우리 사이에 놓고 서로의 얼굴을 바라봤다. 나는 인지의 얼굴만 바라보고 있었다. 인지도 내 얼굴만 보고 있었다. 우리는 우리가 만나고 그동안 있었던 일들에 대해 이야기했다. 둘 다 알고 있는 이야기들을 말하고 또 말했다. 여치들이 문을 두드리는 소리, 꾸루룩 소리, 빗소리가 점점 작게 들렸다.

내 스마트폰 배터리가 다 닳아서 불빛이 꺼졌어도 우리는 서로를 바라보고 있었다. 나는 눈으로는 아무것도 볼 수 없는 어둠 속에서, 손으로 인지의 얼굴을 만지며 인지를 바라봤다. 내가 말했다.

예쁘다.
왜 하필 안 보일 때 그 말을 하는 거야?

그러고는 인지도 내 얼굴을 쓱쓱 만졌다. 으 축축해! 우리는 작게 쿡쿡댔다. 너무 더웠다. 쿡쿡대는 동안에는 잠시 꾸루룩 씨를 잊고 있었다.

*

얼마쯤 시간이 지났을까. 잠이 든 기억은 없는데 더워서 기절한 것 같기도 하고 아무튼 잠시 잠이 들었던 것 같다. 어디선가 시원한 바람이 불고 있다. 문을 다 닫아놨는데.

어디서 바람이 부는 거지?

나는 생각하며 눈을 떴다. 주변이 어둡기는 하지만 아주 보이지 않는 건 아니다. 희미하게 보인다. 식탁 옆에 있는 선풍기가 돌아가고 있다. 몸이 축축해서 선풍기 바람이 더 시원하게 느껴진다. 냉장고 돌아가는 소리가 들린다. 인지는 자고 있다. 나는 몸을 일으켜 전등불 스위치를 탁 켰다. 주변이 환해진다. 나는 조심스럽게 베란다 쪽으로 갔다. 그 사이 잠에서 깬 인지가 베란다를 살펴보는 내게 물었다.

갔어?

갔어.

건너편 아파트 불빛들도, 가로등도 켜져 있었다. 꾸루룩 씨는 없고, 후두둑 내리던 비도 그쳤다. 아무 일도 없었던 것처럼. 나는 베란다 문을 열고 창문도 열었다. 현관문도 살짝 열어봤는데 현관문 앞에 있던 꾸루룩 씨들도 보이지 않았다. 현관 센서 등도 자동으로 켜졌다. 그런데 정말 아무 일 없었는지 인터넷에서도, TV에서도, 커다란 여치에 대한 뉴스 같은 건 하나도 없었다. 인지와 나는 선풍기 앞에 앉아서 말없이 땀을 식혔다. 인지는 이게 무슨 일인지⋯⋯ 하는 표정으로 앉아 있다.

방충망은 다시 잘 닫아두었다. 닫으면서 내가 왜 방충망을 열어두었는지 생각이 났다. 아까 이름 모를 벌레가 내 책상 위를 돌아다니길래 (그 벌레는 손톱보다 작았다) 차마 죽이지는 못하고 휴지로 살짝 집어 방충망을 열고 밖으로 날려 보내 줬었다.

눈이 내리는 환상 속에서

*

"밤사이 눈이 많이 내렸고, 여전히 많이 내리고 있었어. 이른 아침 풍경은 거의 다 지워진 것 같았어. 누군가 지우개로 지운 것처럼. 춥지도 않았고 바람도 불지 않고 눈만 천천히 내렸지. 천천히 쌓여가고 있었어. 그걸 보고 밖으로 나갔지. 겨울이어도 그런 겨울은 별로 없으니까. 더군다나 내가 겨울에 그렇게 이른 시간에 일어나지 않기 때문에……. 아무튼 밖에 나가보니까 온도가 느껴지지 않았다고 해야 하나, 없었다고 해야 하나. 왠지 그랬던 것 같아. 실제로 기온이 몇 도였는지는 모르겠지만. 조용하고 이상한 아침이었어."

겨울. 주연은 있었던 이야기를 내게 하고 있다. 주연과는 며칠 전 어쩌다 내가 전화를 잘못 걸어서 연락이 됐다. 서로 오늘 시간이 돼서 전에 한번 만났던 학교 앞 카페에서 만나기로 했다. 만날 생각까지는 없었는데 통화를 하다 보니 만나게 됐다. 이상하게도 주연과는 그렇게 되고는 한다. 우연히 연락이 되고, 어영부영 약속을 잡고 만나게 된다. 서로 안부를 묻고 요 사이 겨울에 있었던 일들을 이야기하는 중이다. 만날 때마다 어색한 감이 없지 않아 있지만 또 그럴 때마다 점점 괜찮아진다. 그래서 주연과 만나고 헤어질 때쯤에야 편해지는데, 그래서 아쉬운 느낌이 든다. 나와는 다르게 주연은 나를 어색해하지 않는 것 같다.

주연과 나는 대학교 동기다. 학교 다닐 때도 친하지 않았고 지금도 아마도 그런 것 같은데, 이상하게도 연락을 하며 가끔씩 만난다. 오히려 친했던 애들과는 졸업 후에 멀어지다 연락이 끊겼다. 굳이 연락하려면 하겠지만 서로 그렇게 하지 않은 지 너무 오래됐다. 주연이 싫거나 불편한 건 아닌데, 아무래도 친한 사이라고 말할 수는 없다. 그는 어떨지 모르겠지만. 아무튼 그럼에도 주연과는 동기들 중 유일하게 여전히 만나고 있다. 오히려 친하지 않아서 여전히 만나는 걸까? 잘 모르겠다.

"얼마 되지는 않았는데, 요즘 취미가 하나 생겼어. 사진 찍기. 전문적으로 하는 건 절대 아니고, 그저 스마트폰으로 찍어.

스마트폰은 늘 가지고 다니니까 언제 어디서든 사진을 찍을 수 있잖아. 스마트폰으로 찍은 사진도 인화를 할 수 있어서 마음에 드는 사진들은 인화를 해서 모아두고 있어. 아, 프린터로 뽑는 거니까 인화라고 하면 안 되나? 인쇄? 아무튼 그렇게 찍어서 인쇄한 사진들을 모으는 게 꽤 재밌어. 사진을 찍는 것도 재밌지만 찍은 사진을 모아서 책처럼 만들어놓으면 내가 보낸 시간들이 사라지지 않고 잘 모여 있는 것 같아서 마음이 놓여. 그중에서도 사라지지 않았으면, 하는 좋은 것들만 모아두는 거니까…… 나한테는 그게 좋지. 돈도 많이 들지 않고. 사진들을 스마트폰에만 저장해두는 건 왠지 불안해. 정리도 잘되지 않고. 실수로 지워버리거나 스마트폰을 잃어버릴 수도 있잖아. 내가 아는 누구는 스마트폰으로 찍은 사진도 아주 잘 정리를 해놓고 usb에 백업도 잘 해놓더라고. 근데 나는 사진을 인쇄해서 갖고 있는 게 가장 좋은 것 같아."

주연의 말에 나는 어떤 식으로 사진을 갖고 있는지 생각해봤다. 그저 스마트폰에 저장해두고 있을 뿐이다. 나만의 분류 기준이 있어서 그것에 맞춰 정리를 하지도 않고, 찍은 사진들을 다시 들여다보며 지우고 싶은 사진들과 남기고 싶은 사진들을 구분하지도 않는다. 그렇게 해보려고 몇 번 시도해 보기는 했지만 얼마 못 가 포기했다.

"여름에는 사진을 많이 찍었어. 아무래도 나는 여름에 활

발하거든. 여름을 좋아한다고 말하기는 어렵지만 그래도 여름에 다른 계절보다 많은 걸 하게 돼. 낮이 길어서 활동할 수 있는 시간도 길고. 그래서 멀리 여행을 가기도 했고 새로운 일들을 시작해 보기도 했어. 이 사진 취미도 여름이 시작될 무렵에 갖게 된 거야. 여름을 찍은 사진들을 보면 정말 좋아. 사진을 찍었을 당시에는 무척 덥고 습하고 힘들었지만 나중에 사진을 보며 그때를 떠올리면 괜히 웃음이 나오는 거야. 왜 그런지 말로는 설명을 잘 못 하겠어. 아무튼 여름은 좋아하지 않지만 여름을 찍은 사진은 정말 좋아. 그에 대해 넌 어떻게 생각할지 모르겠지만."

"기회가 되면 한번 보여줘. 네가 여름에 찍은 사진." 내가 주연에게 말했다. "아니, 여름을 찍은 사진이라 그랬나?"

주연은 작게 웃으며 고개를 끄덕였다.

"여름에 여름을 찍은 여름 사진이지."

주연이 말했다.

주연과 나는 손님이 아무도 없는 작은 카페에 있다. (카페 이름은 '겨울'이다. 겨울에만 운영하는 건 아니지만 이곳에는 왠지 겨울에만 오게 된다.) 옅은 회색 테이블보가 깔린 동그란 테이블 위에 커피잔이 두 개 놓여 있고 카페 공간 안에는 귀에 거슬리지 않는 잔잔한 피아노 연주곡이 흐른다. 점원은 볼일이 있는지 밖에 나가서 들어오지 않고 있다. 그도 나도 커피를 더

주문할 것 같지는 않으니 상관없다. 작고 아늑한 공간이고 점원도 없이 둘만 있어서 그런지 누군가의 집에 들어와 있는 기분이다. 주연과 나는 가끔 우연히 (이번에 내가 전화를 잘못 걸었던 것처럼) 어떤 계기로 만난다. 그렇게 가깝지도 친하지도 않은 사이지만 그래서 좋은 사이다.

오늘은 눈이 내리지 않고 바람만 분다. 가끔 훅 휘몰아친다. 너무 추운 오후 2시. 나는 네모난 창밖을 보며 눈이 내렸으면 좋겠다고 생각한다. 날카로운 겨울바람이 창을 두드리고 흔든다. 주연은 창밖과 나를 번갈아 보며 말을 한다. 그러면서 커피잔을 천천히 기울여 커피를 마신다. 커피를 마시는 잠시 동안 주연은 혼자 있는 것처럼 딴생각을 하는 것 같다.

"겨울에 겨울을 찍은 겨울 사진은 어때? 마음에 들어?"
내가 물었다. 주연은 잔을 들어 커피를 한 모금 마시려다 말고 내려놓았다. 주연은 우물을 바라보듯 잠시 커피잔에 고여 있는 커피를 바라본다.
"겨울에는 밖에 잘 나가지 않다 보니까, 주로 집에 있어."
"나도 그래."
주연의 눈이 잠시 반짝였다.
"근데 요즘 집에서 탁자 위에 이것저것 물건들을 올려놓고 찍어보는데, 그것도 재밌더라. 정물화 같기도 하고, 내가 아끼는 물건들 사진관에 데려가서 가족 사진 찍어주는 것 같아서. 이상한가? 혼자 그러고 놀아. 그래서 나는 혼자 있어도 심심하지 않은 것 같아."

"그렇구나. 나는……."

겨울에는 심심하다는 말을 하려고 했는데, 문득 내가 나와 잘 놀아주지 않는다는 걸 알게 됐다. 얼굴에 부드러운 곡선을 그리며 주연이 조그맣게 웃었다.

"겨울에는 심심하게 있는 것도 좋지." 주연이 말했다. "아무튼 이제 나는 사진 찍기가 취미니까, 그렇게 하기로 했으니까, 전보다는 겨울에 자주 밖에 나가려고 해. 사진 찍기는 내게 겨울에 밖에 나가기 위한 좋은 구실이야. 아무래도 추운 날에는 집에만 있게 되잖아. 약속도 잘 없고. 사실 집에 물건도 많이 없어서 찍을 것도 별로 없어. 오늘 이런 자리도 정말 오랜만이야. 누굴 만나러 외출한 거. 이렇게 너 만나니까 반갑고 좋다. 내가 집을 좀 좋아하기는 해도, 너무 집에만 있으면 우울해지거든. 그러면 몸도 안 좋아지고. 몸이 좋지 않아서 지난겨울에는 일을 거의 못 했어. 만났던 사람도 거의 없었고, 돈도 못 벌었지."

"이번 겨울은 괜찮아?"

"이번 겨울은, 괜찮아지고 있어."

나는 주연이 요즘 무슨 일을 하며 사는지, 그러니까 직업

적으로 하는 일이 무엇인지, 잘 모른다. 예전에는 학원에서 일을 했다고 들었는데 아르바이트 같은 거라고 했던 것 같다.

"요즘도 학원에서 일해?"

내가 물었다.

"아니. 안 해. 그만 둔 지 오래 됐어."

"그럼?"

"요즘은, 그냥 할 수 있는 일들. 이것저것."

나는 다음 말을 기다렸다. 할 수 있는 일들에 대해 생각했다. 할 수 있는 일이란 건 뭘까? 그것이 단어 하나처럼 느껴졌다.

'할수있는일 : ……'

주연에게 그 단어의 뜻을 묻지는 않았다. 주연도 그것에 대해 더 이상 말하지 않았고, 커피잔을 천천히 기울여 커피를 마셨다.

"그런데 아까 하던 얘기 말이야, 그 조용하고 이상한 아침에 나가서 뭘 했어?"

내가 물었다. 그때 출입문이 열렸고, 점원이 카페 안으로 들어왔다.

**

그날 아침 주연은 밤늦게 잠이 들었는데도 일찍 잠에서 깼다. 잠이 많고, 겨울에는 더 그렇지만, 잠을 몇 시간 못 잤어도 주연은 피곤하지 않았다. 겨울, 밤사이 많은 눈이 내렸고 이른 아침에도 내리고 있었다. 주연은 바람도 불지 않는 이른 아침 밖으로 나왔다. 내리고 쌓인 눈에 덮여 평소의 풍경들이 지우개로 지운 듯 지워져 있었다. 사람들은 없고 천천히 눈이 내리고 있었다. 춥지 않고 포근했다. 주연은 아직 아무도 밟지 않은 백지 같은 곳을 걸었다. 발자국들이 많았다면 마음대로 걸어 다녔을 것이지만 조심스럽게 걸었다. 백지 위에 첫 문장을 쓰는 것처럼. 순수한 세상을 더럽히는 것 같아 미안했지만 순진한 사람처럼 특권을 누리는 것 같았다. 주연은 스마트폰을 꺼내 사진을 찍었다. 눈에 덮여 하얗게 지워진 것들을 찍고 담아두었다. 세상의 시작, 세상의 끝 같다고 생각했다. 평소 다니던 길을 걷고 있다 생각했지만 걷다 보면 생각과는 다른 곳이었고 내리는 눈에 길은 사라졌고 동네를 돌아다녀 봐도 조용하기만 할 뿐 아무도 없었다. 아는 사람도 없었고 모르는 사람도 없었다. 무섭고 이상했지만 그런 생각이 들 때마다 한편으로는 마음이 놓였다. 집으로 돌아가고 싶지 않았다. 주연은 어디인지도 모른 채 걷기만 했다. 그러다 일상을 보내는 동네에서 많이 멀어졌고, 이윽고 허허벌판 같은 곳에 도착했다. 그곳은 주연이 모르는 곳이었다. 마치 흰 종이 같은 곳이었다. 허허벌판이라는 단어를 알 뿐이어서 그런 곳이라고 생각했지만, 주연은 자신이 정말로 흰 종이 위를 걷고 있는 것인지도 모른다는 생각이 들었다. 걸을수록 무감각해지고 어디쯤인지 얼마나 왔는지 도무지 알 수 없는 곳이었다. 순간 한없이 납작해지는 느낌이 들기도 했다가 한없이 팽창하는 느낌이 들기도 했다가 아무 느낌도 없이 무감각해졌다.

'어쩌다 이런 곳에 왔지?'

중요한 걸 잊어버린 걸 알아차린 것처럼 뜨끔했지만 주연은 자신이 자발적으로 이곳까지 왔음을 알고 있었다. 오른쪽으로 걸어도 제자리인 것 같고 왼쪽으로 걸어도 제자리인 것 같았다. 왔던 길을 찾아봤지만 따라오던 발자국도 사라졌다. 그저 발자국이 있다는 믿음만이 있었는지도 모른다. 주연은 백지와 같은 그 풍경을 사진으로 찍으려고 스마트폰을 찾았다. 외투 왼쪽 주머니에도, 오른쪽 주머니에도 스마트폰은 없었다.

'잃어버린 걸까? 그냥 없는 걸까?'

아무튼 사진을 인쇄해서 앨범으로 만들어놓아서 다행이라고, 주연은 안도했다. 스마트폰을 잃어버려도 앨범에 넣어둔 사진들은 책상 서랍 안에 잘 있을 것이었다.

'그런데 이곳은 어디일까?'

어디가 어디인지 알 수 없는 흰 종이 같은 그곳에서 주연은 다리에 힘이 풀려 풀썩 주저앉았다. 마치 미래처럼 시간이 도착하지 않아 아직 아무것도 없는 곳에 신도 모르게 와버린 게 아닐까 하고 주연은 짐작했다. 선반에서 익숙한 물건을 꺼내듯이 그런 생각이 들었다.

'그럼 기다리면, 기다려보면 시간이 도착할까? 신이 나를 발견하고 시간을 보내줄까? 시간이 도착하면 아무 일도 없었다는 듯 집에 갈 수 있을까?'

눈이 내린다. 차갑지도 않고 손바닥 위에 닿기도 전에 녹지도 않고 사라지는 눈. 내리는 눈은 자신이 만들어낸 환상인지도 모른다고 주연은 생각했다. 눈이 내리는 환상 속에서, 주연은 그저 가만히 기다렸다. 아직 도착하지 않은 시간을 기다린다는 게 도무지 이해가 되지 않았지만.

주연은 그곳에서 아주 오랫동안 있었던 것 같았다. 하지만 시간이 도착하지 않았으므로 사실은 조금도 시간이 지나지 않았었다. (그러니 그러는 동안이라는 말도 쓸 수가 없다.) 주연은 내리는 눈에 점점 자신이 지워지고 있다는 걸 알았다. 그것도 환상인지도 모른다. 다만 작은 진동을 느꼈다. 전화기. 전화. 주연이 일정한 간격으로 몸을 울리는 진동을 느꼈을 때, 차갑게 눈이 내렸다. 주연은 긴 한숨을 내뱉었다. 입에서 허옇고 긴 입김이 나왔다. 숨이 차서 숨을 고르고, 주연은 전화를 받았다.

"여보세요."

*

카페 안으로 들어오는 점원을 주연이 흘끔 쳐다봤다. 밖이 추운지 점원의 얼굴이 약간 발갛게 상기돼 있었다. 얼굴에 미안한 기색이 묻어 있었다.

"그러니까 그 조용하고 이상한 아침에…… 별일은 없었어. 그냥 사진 찍고, 산책했지. 너랑 통화하면서. 뭔가를, 기다리고 있었는데 너한테 전화가 와서 기뻤어. 예전 학교 다닐 때도 그랬잖아. 친구도 없이 혼자 어색하게 있을 때면 네가 와서 자주 말 걸어줬었는데. 그러면 그제야 나는 알게 되고 그랬어. 내게 말을 걸어주길 기다렸다는 걸. 며칠 전 네게 전화가 왔을 때, 예전 생각이 났어. 그래서 기뻤고. 근데 그러고 보니까 너, 너무 이른 시간에 전화한 거 아니야? 그날은 그런 줄도 몰랐는데."

주연이 장난스럽게 말했다.

"그러게…… 나도 그날은 그렇게 이른 시간인지 몰랐어. 아니 알긴 알았지만 그게 이상하지 않았어. 어쩌다 보니 그냥 전화했던 거야."

주연에게 얼버무리듯 말하며 전화를 잘못 걸었다는 말은 하지 않았지만, 왠지 잘못 건 게 아니었을지도 모른다는 생각이 들었다. 급한 일이 아니고서야 그렇게 이른 아침에는 누구에게도 전화를 하지 않으니까 말이다. 아무튼 그 이른 아침에 나는 이불 속에서 내 스마트폰에 저장된 번호들을 괜히 훑어보고 있었는데, 왜 그랬는지 잘 모르겠다.

주연이 커피잔을 기울였다. 우리는 커피를 다 마셨다. 이제 창밖에 눈이 내리기 시작한다. 주연도 눈이 내리는 창밖을 보고 있지만 눈이 내린다고 말하지 않는다. 다만 무슨 말을 하려다가 점원이 가까이 다가오는 걸 보고 멈춘다.

"저, 오늘 예정보다 일찍 문을 닫아야 해서 괜찮으시면 이제 마감해도 될까요?"

점원이 미안해하는 얼굴로 우리에게 말했다. 우리는 서로를 확인하고 괜찮다 말했다. 나는 의자에 걸어둔 외투와 가방을 챙겼다. 그런데 문득 주연이 점원에게 부탁했다.

"저희 둘, 사진 한 장 부탁드려도 될까요?"

점원은 주연의 스마트폰으로 흔쾌히 사진을 찍어주었다. 주연은 사진을 인쇄해서 다음에 만날 때 내게 주고 싶다고 했다. 나도 좋다고 했다. 우리는 다음에 만나자고 약속하고, 자리에서 일어났다.

거의 닿을 듯 가까이

눈을 떴을 때 인주는 낮잠을 자고 일어났다고 생각했다. 왠지 이상했다. 학교 작업실도 아닌 것 같고, 8월 말 늦여름 더위도 느껴지지 않았다. 내가 나인지도 모른 채로, 무감각하게 있다가 몇 분쯤이 지났다. 머리가 너무 아팠다. "으!" 밀려오는 두통에 작게 신음하며 인주는 주변을 살폈다. 학교 작업실은 아니었다. '어디지?' 웅얼웅얼 티브이 소리가 들리고 벽에는 10월 달력이 걸려 있었다. 몸을 잘 움직일 수가 없었다. 마침 병실에 들어온 간호사가 깨어난 인주를 보고 의사를 데려왔다. 의사는 인주의 눈에 불빛을 비춰보고, 질문들을 했다. 인주는 의사의 질문들에 하나씩 대답을 하며 자신이 병원에 있다는 걸 알게 됐다.

"다른 곳은 괜찮고, 다만 두통이 심하시다는 거죠?"
"네. 그런데 지금이 10월인가요?"

"10월이죠."
인주는 식은땀이 났다.

의사가 나가려는데 문을 열고 엄마가 들어왔다. 의사는 엄마에게 좀 더 검사를 받고 3일 뒤쯤 퇴원해도 되겠다고 말했다. 엄마는 깨어난 인주를 보며 안도했고, 인주는 괜찮다며 엄마를 위로했다. 인주가 의식을 잃고 누워 있는 내내 엄마는 마음 졸이며 인주가 깨어나길 기다리고 있었다. 엄마 말고 인주를 찾아온 사람은 없었다.

인주는 3일 뒤 퇴원을 했다. 이유를 정확히 알 수는 없지만 아마도 스트레스를 너무 많이 받아서 그런 것 같다고 의사가 말했다. 엄마는 속상해했고 인주는 고개를 갸우뚱했다.
'내가 그렇게까지 스트레스를 많이 받았나?'
졸업 심사 준비에 아르바이트에 정신 없이 바빴어도 그게 한 달이 넘도록 못 깨어날 정도인지 인주는 알 수 없었다. 아무래도 이상한 일이었다. 의사는 정기적으로 병원에 와서 검사를 받아보라고 했다.

퇴원을 하고 며칠 뒤 인주는 중고 핸드폰을 샀다. 체크카드도 분실 신고를 하고 새로 발급받았다. 그리고 아르바이트를 하던 카페에 연락을 해서 그간의 사정을 설명했다. 카페 사장은 연락도 되지 않고 갑자기 출근을 하지 않아 걱정했다며 지금은 다른 사람을 구했다고 했다.

"미안. 그렇게 됐어."
"아니요. 당연히 사람 구하셔야죠. 갑자기 그런 일이 있어서 제가 죄송해요."
"그런데 정말 낮잠을 한 달이나 잤어?"
사장이 물었다.
"네. 정확히는 한 달하고 일주일쯤 더요."
"그럴 수도 있구나……. 예전에 나 아는 사람도 그런 비슷한 얘기를 한 적 있는 것 같은데 너무 오래전이라 잘 모르겠네. 아무튼 몸조리 잘해. 종종 놀러 와."
"네. 그럴게요. 안녕히 계세요."

인주는 통화를 하며 학교로 갔다. 2학기는 이미 시작됐고 수강 신청도 하지 못했다. 졸업 전 마지막 학기라 해야 할 일도 많고 돈이 필요하기도 한데 갑자기 일이 이렇게 돼서 인주는 어떻게 해야 할지 알 수 없었다. 어쩌면 이번 학기를 못 다닐 수도 있다고 생각하니 난감했다. 학교 행정실에 가서 그간의 사정을 얘기해 보고 내야 할 서류나 할 일이 있는지 알아볼 참이었다. 그런데 가는 길에 웬일인지 시야가 문득문득 흐려지고 초점이 잘 맞지 않아서 계단을 내려가다 넘어질 뻔하기도 했다. 인주는 시력이 좋은 편인데, 말하자면 눈이 하나 더 생긴 것 같은 느낌이 들었다. 어지럽고 머리가 지끈거리기도 했다. 인주는 신경을 쓰며 평소보다 천천히 걸었다. 그럴 수밖에 없었다.

오후 네 시쯤 인주는 학교에 도착했다. 우산을 쓰기 애매하게 비가 자잘하게 흩날리고 있었다. 폈다 접었다를 몇 번 하다가 우산을 쓰지 않기로 했다. 몇몇 아는 얼굴들이 보였다. 그들은 인주를 보고 간단히 손 인사를 했다. 그럴 뿐이었다. 인주는 그간의 사정을 적당히 설명할 수 있는 말들을 생각해 왔는데 학교 사람들은 어제도 봤다는 듯 인주에게 그저 평범한 인사를 할 뿐이었다. 학기가 시작되고 학교에 한 달 넘게 나오지 않았는데도 무슨 일이 있었냐고 물어보는 사람이 한 명도 없었다. 학교 사람들이 자신에게 별 관심이 없는 것 같아 인주는 내심 서운했다. 학교에서 조용하고 존재감 없는 사람인 건 알고 있었지만.

학교 행정실에는 사람이 없었다. 10분쯤 기다려 보다가 가려는데 행정실 직원이 왔다. 직원에게 인주는 그간의 사정을 설명했다. 직원은 고개를 갸우뚱했다. 자신이 이상한 말을 하고 있다는 건 인주도 알고 있었다. 아무튼 직원은 이름을 물었고 재차 이름을 확인했다. "김인주요. 김인주."

"그러니까 회화과 김인주?"

"네."

"수강신청도 다 했고 출석도 하고 있는데, 정말 김인주 맞아요? 회화과 4학년 김인주?"

"네? 네."

"이상하네."

행정실 직원은 이상하다는 듯 인주를 빤히 쳐다봤다. 여름도 끝났는데 인주는 갑자기 더웠다. '도대체 누가 수강신청을 하고 출석을 했단 말인가?' 하며 의아해하고 있는데 인주는 행정실 직원이 이상하다고 생각하는 대상이 자신임을 알았다. '한 달도 넘게 낮잠을 자다 깨어났고, 회화과 4학년 김인주는 수강신청도 출석도 돼 있는데 도대체 애가 무슨 말을 하고 있는 거지?' 하는 표정으로 직원이 인주를 바라봤다. 인주는 얼버무리듯 인사를 하고 일단 행정실을 나왔다. 달리기도 안 했는데 숨이 차서 자판기 옆 벤치에 잠시 앉아 있었다. 음료수를 하나 뽑아 마시고, 벤치에 앉아 골똘히 그날을 생각해 봤다. 그러니까 며칠 잠을 못 잤었다. 아르바이트를 하고, 밤새 그림을 그렸다. 그려도 그려도 다시 그려야 했다. 10월에 있을 졸업 심사 때문이었다. 밤새 그림을 그려도 졸업하는 데 필요한 정도로 그림이 나오지 않았다. 날마다 커피를 많이 마셨다. 그래도 그날은 너무 졸렸다. 시간이 별로 없어서 인주는 아주 조금만 눈을 붙이기로 했다. 조금만, 30분만. 핸드폰 알람도 맞춰 놓았다. 그리고 나서 학교 작업실 간이 침대에서 잠깐 누워 잤다. 그리고 한 달 하고도 일주일 뒤에 병원에서 눈을 떴다. 인주는 정말 낮잠을 자고 일어났다고 생각했다. 아주 잠깐 눈을 붙였을 뿐인데, 이게 무슨 일인지 싶었다. 그것에 대해 잘 아는 사람은 없었다. 의사도, 엄마도, 인주도 어째서 그렇게 낮잠을 길게 잤는지 알 수 없었다. 잘 때 발밑에 선풍기를 틀어놓았는데 설마 그것 때문에 그런 건 아니겠지…… 혼자 생각해 봐야 인주는 도무지 알 수가 없었다. 누가 가져갔는지 어디서 잃어버렸는지 핸드폰도 지갑도 찾을 수 없었다. 인주는 새로 산 핸드폰으로 유경에게 전화를 걸었다.

유경은 인주의 동기이고 학교 사람들 중 가장 친한 사이다. 인주 생각에 유경도 학교에서 조용하고 존재감이 없는 사람인데, 그도 자신을 가장 친하다고 생각하는지 인주는 가끔 궁금했다. 그걸 물어본 적은 없다. 아무튼 인주는 누가 수강 신청을 했고 학교에 나오지도 않은 자신을 대신해 매번 출석을 하는지 유경에게 물어보기로 했다. 그리고 유경에게 그날의 긴 낮잠에 대해 이야기하고 싶었다. 인주는 문자 메시지를 보낼까 하다가 전화를 걸었다. 그런데 전화를 받은 유경의 첫마디는 인주가 예상했던 것과는 달랐다. 인주의 예상은 "걱정했잖아, 무슨 일 있었어?"였는데. 유경은 "어, 왜?" 하며 약간 퉁명스럽게 전화를 받았다.

"나 인주야."

"응. 왜?"

"응?"

인주는 당황해서 다음 말이 잘 생각나지 않았다.

'나 말고 인주가 또 있나?'

인주는 유경이 자신이 모르는 다른 인주와 자신을 착각한 것 같다고 짐작했다. 어쩐지 기분이 조금 서운했지만 적당히 얼버무리고, 아무튼 자판기 옆 벤치에서 지금 좀 만나자고 했다. 유경은 어쩐지 귀찮아하는 것 같았고 10분쯤 뒤에 인주가 있는 곳으로 왔다.

*

9월, 2학기가 시작되고 유경이 인주를 학교에서 봤을 때 인주는 어딘가 달라 보였다. 아르바이트를 하며 졸업 심사를 준비하느라 시달리던 인주가 말쑥하고 생기 있어 보였고 사람들과도 잘 어울렸다. 어울리려고 노력하는 게 아니라 꽤 잘 어울리고 있었다. 인주가 사람들과 자연스럽게 인사를 나누고 대화를 하는데 그 모습이 낯설었다. 인주는 맞는데, 평소 알던 인주의 모습과는 다른 점들이 꽤 있어서 유경은 고개를 갸우뚱했다. 유경이 인주를 오랜만에 본 것도 아니었다. 며칠 전 유경은 작업실 간이침대에서 알람이 울려도 모르는 채로 자고 있는 인주를 깨워서 집에 보냈었다. 인주가 파리하고 마치 몽유병 환자 같았기 때문에 유경은 택시를 잡아줬다. "집에 가서 편히 자." 하며. 그러고 나서 며칠 뒤에 본 것이다. 며칠 사이에 인주는 영 딴 사람이 돼 있었다.

유경은 그동안 별일이 없으면 늘 인주와 둘이 점심을 먹었었다. 별일이 있어 점심을 함께 먹지 못할 때는 미리 꼭 얘기해 줬었다. 그날도 점심 시간이 돼서 인주에게 전화를 했다. 그런데 인주는 조교님과 점심 먹으러 가는 중이라고 했다. 유경이 알기로 4학년이 되도록 조교님과 밥을 먹거나 커피를 마셨던 적은 한 번도 없었다.

"점심 나랑 먹는 거 아니었어?"

"어떻게 매번 그래. 오늘은 그렇게 됐어. 물어볼 것도 있고 해서. 점심 맛있게 먹어!"

유경은 입술을 뾰족하게 했다. 이전에는 거의 매일 붙어 다녔었는데, 그날 이후로 유경은 인주와 점심을 함께 먹지 않았다. 가끔 만나서 대화를 나눴을 뿐이다. 대화는 어딘지 모르게 잘 맞지 않았고 어색했다.

더욱이 이상했던 점은 그동안 인주를 포함해 여러 사람들을 짜증 나게 만들었던 박선이라는 동기가 있는데 여러 사람들 앞에서 인주가 박선을 쏘아붙였던 것이다. 이기적이고 기회주의자인 박선은 제멋대로 행동하며 학교 사람들을 짜증 나게 하는 일이 잦았다. 굳이 그의 잘못을 따지려 들면 그럴 수도 있겠으나 그러면 오히려 더 피곤한 일들이 생길 것 같은 느낌이 들었다. 교수나 조교들처럼 얻어낼 게 있는 사람들 앞에서는 180도 다른 인간이었기 때문에 그들 사이에서는 평판이 나쁘지 않았다. 그리고 어디서 듣는지 그림 실력보다 정보 수집 실력이 더 좋아서 학교 내에서 이런저런 소문을 잘 내고 다녔다. 사실이 아닌 일을 더 사실처럼 말하고 다녔다. 그것도 능력이라면 능력이라 다들 박선이 퍼뜨리는 소문의 주인공이 되고 싶지는 않아 대놓고 말은 하지 않고 뒤에서만 수군댔었다. 이전까지 인주도 그랬었다. 그런 사람 중에 가장 그런 사람이었다. 심지어 박선이 인주의 그림을 망가뜨렸을 때도 그랬다. 박선은 실수라고 했고 사람 다니는 통로에 그림이 있어서 어쩔 수 없었다고 그림을 그렇게 통로에 두면 어떻게 하냐며 오히려 인주를 몰아세웠다. 하지만 인주가 그림을 통로에 둔 것도 아니었다. 유경은 박선이 인주가 없을 때 인주가 작업하는 구역에 들어왔다가 인주가 거의 다 그려놓은 그림에 일부러 작지 않은 흠집을 낸 게 틀림없다고 생각했다. 다른 사람이었다면 난리가 났을 일이지만 인주는 알았어, 하며 그냥 넘어갔다. 실수인지 의도가 있었는지 모르겠지만 유경은 박선이 아마도 일부러 그랬을 거라고 짐작했다. 인주는 넉넉지 않은 집안 형편에도 조용하고 성실하게 잘 해나가고 있는데, 박선은 시끄럽고 겉멋을 부리는 허황된 인간이기 때문이다. 박선은 만만한 인간들만 골라 종종 그런 짓들을 하곤 했다. 만만한 인간 중에 가장 만만했던 인주가 사람들이 굳이 말하지 않았던 박선의 잘못들을 면전에서 꾸짖었던 것이다. 인주가 박선을 몰아붙이며 "선 넘지 마, 박선!" 했을 때, 유경은 깜짝 놀라서 박수를 칠 뻔했다. 근처에 있던 다른 사람들도 놀라며 실소를 흘렸다. 박선은 그 뒤로 인주를 피해 다녔다. 그리고 뒤에서 인주에 대한 소문을 퍼뜨리고 다녔다. 말도 안 되는 얘기가 대부분이었는데 평소 인주를 잘 아는 유경도 '그런가?' 의심이 들 만큼 그럴듯한 얘기도 있었다. 인주의 그림이 인주가 그린 게 아니라는 것이었다. 누군가 그림을 대신 그려주고 인주는 그리는 척만 한다고 했다. 그도 그럴 듯이 유경이 봐도 인주의 그림이 이전과는 많이 달라졌기 때문이다. 인주가 평소 그리는 그림들과 같은 선상에 있어 인주가 그린 그림이 전혀 아니라고 말할 수는 없지만, 분명 이전보다 훨씬 매력적이고 흥미롭게 변모했다. 불필요한 것들을 과감히 지우고, 자유롭고, 감각적이었다. 많은 학생들이 선망하는 갤러리의 큐레이터가 인주의 그림을 보고 갔다는 얘기도 있었다. 박선이 퍼뜨리고 다니는 소문을 정말로 믿는 사람들도 꽤 있는 것 같았다. 그림이 달라지기는 했지만, 자신이 아는 인주가 그럴 리가 없기 때문에 유경은 박선의 말을 믿지 않았다. 하지만 달라진 인주와 그의 그림들은 낯설었다.

**

와서 말없이 앉아 있는 유경에게 인주가 자판기에서 뽑은 음료수를 건네주었다. 유경이 좋아하는 음료수. 유경은 의아한 눈빛으로 음료수를 잠시 보고 있다가, 인주의 얼굴을 빤히 쳐다보다가, 그걸 건네받았다.

"무슨 일인데?"

유경이 퉁명스럽게 물었다. 인주는 바람이 서늘했다. '한 달 넘게 연락도 없이 있다가 갑자기 나타나서 서운했나?'

그런 생각이 들어 "미안. 사정이 있었어." 하고 인주가 사과했다.

"사정이 있었다니?" 유경이 말했다. "그럼 그동안 연기를 했다는 거야?"

"내가 무슨 연기를 해……."

인주는 혼란스러웠다. 유경이 무슨 말을 하는지 알 수 없었다.

"근데 너 오늘은 되게 피곤해 보인다. 얼굴도 좋지 않고."
유경이 인주의 얼굴을 보며 음료수 캔 꼭지를 똑 땄다.
"나 원래 그렇잖아."
"아니야. 요즘 넌 그렇지 않았어."
"요즘이라니? 우리 안 본 지 한 달도 넘었어."

안 본 지 한 달도 넘었다는 말에 일시정지 버튼이라도 누른 듯 유경이 얼어붙었다. 아닌 게 아니라 며칠 전에도 유경은 인주를 봤다. 작업실 입구에서 마주쳐서 몇 마디 대화를 나누기도 했다. 인주는 작업실에서 나가는 길이었다. 어쩐지 급한 일이 있는 것 같았다. 유경은 좀 더 얘기하고 싶었는데 인주의 전화가 울려서 대화는 금방 끝났다. 슬쩍 보니 그 갤러리 큐레이터인 것 같았다. 유경은 '전에 그림을 보고 갔다더니 정말인가보다' 했다. 인주가 가고 유경은 작업실 인주 자리로 가서 인주가 그려놓은 그림들을 봤다. 유경은 인주의 그림을 좋아하지만 요즘 작업들은 훨씬 더 좋아보였다. 인주의 그림인 것 같기는 한데, 갑자기 이렇게 실력이 늘 수가 있을까. 아무래도 이상한 일이었다.
'정말 누가 대신 그려주나?'
유경은 의아했다.

벤치에 앉아서 유경은 음료수를 홀짝였다. 잠시 생각에

빠져 있다가 유경이 인주에게 물었다. "그럼 너는 누군데?"

인주가 어이없다는 듯 허리춤에 손을 올렸다. "누구냐니? 나 인주야. 인주가 나 말고 또 있어?"

"……그런가 봐."

유경은 인주의 얼굴을 빤히 살폈다.

"무슨 소리 하는 거야. 일단 내 말 좀 들어봐." 인주가 말했다. "그러니까 어떻게 된 거냐 하면……."

인주는 그간의 사정을 유경에게 말했다. 아주 긴 낮잠을 자고 일어났다고. 유경은 넋이 나간 얼굴이 됐다.

"어떻게 그럴 수 있어?"

"그랬다니까."

"그러니까 그 8월 26일 목요일에?"

"어. 목요일이었을 거야."

"그때 내가 너 택시 태워서 집에 보냈는데."

"그건 기억이 안 나. 깨보니까 병원이었어."

"그랬구나. 어쩐지 뭔가 이상했어." 유경이 사탕을 먹듯 볼을 우묵하게 했다. "그럼 어제까지 내가 만난 인주는, 누굴까?"

"자꾸 누굴 만났다고 그래? 나 방학 끝나고 오늘 처음 학교에 왔는데."

"인주 널 만났지."

"나를?"

거의 닿을 듯 가까이

"너를."

인주와 유경이 동시에 서로를 바라봤다.

"이럴 게 아니라, 가보자. 가서 네가 봐야 할 게 있어."

"어디?"

"작업실."

인주는 유경과 함께 작업실로 갔다. 인주는 자신의 작업 공간이 왠지 낯설었다. 8월에 있던 그대로가 아니었다. 졸업 심사가 얼마 남지 않아서 포기를 해야 하나 싶었는데 자리에 그림들이 차곡차곡 정리돼 있었다. 인주가 보기에 그 그림들은 모두 완성돼 있었다.

"봐. 이거 네가 그린 거 맞아?"

유경이 인주의 그림들을 보며 물었다.

"이게 뭐야?" 인주의 눈이 동그래졌다. "이거 누가 그렸어?"

"인주 네가 그린 거 아니야?"

"아니야. 아니, 내가 그렸나?"

인주는 그림에서 눈을 떼지 못했다. 눈앞에 놓인 그림들은, 인주가 그리고 싶었던 그림들이었다. 언젠가 이렇게 그릴 수 있으면 좋겠다 생각했던 그것이었다.

유경은 학기가 시작되고 지금까지 있었던 일들을 인주에게 말해주었다. 인주의 눈이 다시 동그래졌다.

"그 사람, 도대체 누구야? 왜 내 행세를 하고 다녀?"
"혹시 너 쌍둥이야?"
"쌍둥이? 아닌데. 나 혼자야."

유경이 말한 인주가 박선을 쏘아붙였다는 걸 들었을 때 인주는 마음을 들킨 것 같았다. 그건 자신이 속으로만 했던 생각들이었다. 그런데 그 인주가 그걸 정말로 해버렸다. 그리고 눈앞의 낯선 그림들도 그렇고 그 갤러리 큐레이터가 자신의 그림을 관심 있게 보고 간 일도 평소 인주 자신이 바라는 것들이었다. 생기 있고 사람들과 잘 어울리는 사람이 되고 싶기도 하다.
인주는 4년 동안 학교를 다녔는데 친한 사람이 유경밖에 없다는 게 내심 답답하기도 하다. 유경은 좋은 친구지만, 그것과는 상관없이.

유경은 아무래도 이상한 일이 일어난 것 같다고 했다. 알 수 없는 일이. 유경은 재미있어하는 것 같았다. 인주는 머릿속이 복잡했다. 자신에게 나쁜 일이 일어난 건지, 무슨 일인지 알 수 없었다. 마침 비가 부슬부슬 내렸다. 으슬으슬 비가 찼다. 유경이 들어가서 우산을 가져오자고 했는데 인주는 집에 간다고 했다.
"비는 내리다 말겠지."
인주는 머릿속이 복잡했다. 유경과는 내일 학교에서 보기로 하고 학교를 나왔다. 인주는 생각에 잠겨 혼자 걸었다. 부슬비에 어깨가 젖는 줄도 모른 채.

***

집에서 인주가 엄마와 저녁을 먹는 동안 비가 그쳤다. 엄마는 인주의 건강을 걱정했고 집안 형편이 나빠 미안하다고 했다. 인주는 적당히 엄마를 달래며 딴생각에 빠져 있었다. 유경이 말한 인주, 그 인주가 그렸다는 그림들……. 그 그림들을 보는 순간 인주는 자신이 그걸 그리고 싶었다는 걸 알았다. 그리고 싶었지만, 막연해서 그릴 수 없었던 그림들. 그것들을 자신과 닮은 누군가가 그려놓았다고 한다. '누굴까.' 인주는 엄마에게 그것에 대해 말하려다가 그만두었다.

인주는 외투를 챙겨 집 근처 천변 공원으로 갔다. 어둑한 공원 산책로에 도착했을 때 인주는 눈앞이 흐렸다. 잠시 걸음을 멈춰 보니 안개였다. 비가 그친 공원 산책로에 부옇게, 안개가 드리워 있었다. 차게 비가 내려서 그런지 인적이 드물었다. 으슬으슬했지만 인주는 외투 주머니에 두 손을 찔러 넣고 걸었다. 학교 작업실에서 봤던 그림들이 머릿속을 떠나지 않았다. 인주는 마치 눈앞에 있는 것처럼 그림들을 선명히 머릿속에서 볼 수 있었다. 그것들은 낯설지 않았다. 열심히 그리다 보면 언젠가의 미래에 그릴 수도 있을 것 같은 그림들이었다. 하지만 현재의 인주는 그렇게 그릴 수 없다.

주변은 조용했다. 자신의 발소리가 들릴 만큼. 인주는 자신의 발소리를 들으며 걷고 있었다. 잘 걷고 있다고 생각했는데 발소리가 지쳤다. 몸이 무거워 발을 끌고 있었다. 안갯속을 무겁게 걸었다. 발소리가 들렸다. 어디선가 다른 발소리도 들렸다. 다른 사람이 있는 걸까. 인주는 뒤를 돌아봤다. 아무도 없었다. 다시 앞을 봤을 때 누군가 다가오고 있었다. 안갯속. 가까워지고, 얼굴이 보였다. 인주는 순간 자신이 거울을 보고 있다고 생각했다. 쌍둥이처럼 닮은, 아니 그보다 더 자기 자신과 흡사한 얼굴이었다. 다만 얼굴은 눈을 감고 있었다. 눈을 감은 채로, 얼굴이 인주 앞에 멈춰 섰다. 인주는 그대로 얼어붙었다. 얼굴이 인주를 불렀다. 인주야. 너무도 익숙한 목소리로. 실제로 얼굴의 말이 귀로 들렸는지 아니면 텔레파시처럼 내면으로 들렸는지 인주는 구분할 수 없었다. 인주 자신의 목소리였기 때문이다.

왜 눈을 감고 있어?

얼굴에게 인주가 물었다. 목소리를 내지 않아도 얼굴은 인주의 말을 들을 수 있었다. 얼굴이 대답했다.

눈으로 볼 수 없는 걸 보기 위해서.

넌 누구야?

나는 너의 정념이다.

정념?

네가 원하는 너.

네가, 그림을 그렸어?

이미 알고 있잖아. 그걸 누가 그렸는지.

네가 그림을 그렸어?

그림을 그린 건 우리야. 우리 자신.

'우리 자신.'

　인주는 문법적으로 맞지 않는 문장을 들여다보고 있는 것 같았다. 하지만 왠지 이해가 됐다. 멍하게 서 있는 인주에게 얼굴이 더 가까이 다가왔다. 거의 닿을 듯 가까이. 인주는 공포와 안도를 동시에 느꼈다. 얼굴이 말했다.

　긴 낮잠은, 네가 원한 거였어. 그래서 내가 나타날 수 있었지. 하지만 네가 깨어났기 때문에, 내게는 시간이 거의 남아 있지 않아. 그러니 이제 네가 선택해야 해. 네가, 내가 되고 싶다면, 우리는 원했던 자기 자신이 될 수 있어. 아주 간단한 일이야. 어쩌면 행운인지도 모르지. 굳이 노력하지 않아도, 그렇게 될 수 있어. 아마도 신이 너에게 기회를 준 것 같아(이 부분을 말할 때 얼굴은 낮게 속삭였다).

　그렇게 하면 어떻게 되는데? 지금 나는?

　지금의 넌 서랍에 넣어두면 돼. 오래된 사진처럼. 그리고 네가 원했던, 내가 되면 되는 거야. 그렇다고 그게 네가 아닌 건 아니야.

　망설이다 인주가 물었다.

어떻게 하면 되는데?

얼굴이, 미소 짓는다.

"눈을 떠."라고 말해.

이곳

　골목길 가로등이 하나둘 켜지고 있었다. 어둡지도 밝지도 않았다. 3월 환절기라 낮에는 따뜻하고 저녁이 되면 쌀쌀했다. 저녁이 되고 있었다. 쌀쌀했지만 나는 한겨울처럼 으슬으슬 몸이 떨렸다. 감기몸살. 나는 이도저도 아닌 하루를 보내고 있었다. 약속이 있었지만 그 사람은 약속을 지키지 않았다. 나는 할 일을 하지 못했고 할 말도 하지 못했다. 시간을 허비한 것 같았다. 멀리서 택시가 오고 있었다. 나는 택시를 향해 삐걱삐걱 손을 흔들었다. 택시가 깜빡깜빡 비상등을 켜고 내가 있는 쪽으로 왔다.

　택시 문을 열고 차 안으로 들어갔을 때 차 안 곳곳에 달라붙어 있는 오래된 냄새가 택시운전사의 어서오세요 말 대신 내게 인사했다. 담배 냄새 같기도 하고 누린내 같기도 했다. 거기에 향수 냄새도 미미하게, 이상하게, 섞여 있는 것 같았다. 그

밖의 수상한 냄새들이 있었다. 거기에 방향제가 있었다. 그걸로 택시 안에 있는 수많은 수상함들을 덮어두려는 것 같았다. 방향제 냄새가 더 싫었다. 내가 냄새를 짐작하며 참고 있는 잠시 동안 택시는 가만히 멈춰 있었다. 택시운전사는 어디를 가는지 내게 묻지도 않고 재촉하지도 않았다. 일단 나는 목적지를 얘기했다. 내 말을 들었는지 못 들었는지 택시운전사는 아무 말 없이 택시를 출발시켰다. 출발할 때 길이 울퉁불퉁하지도 않았는데 택시가 여러 번 덜컹거렸다. 냄새에, 덜컹거리는 택시 안에서 나는 멀미를 시작했다. 나는 본능적으로 공기다운 공기를 원했고 숨을 크게 쉬려고 했다. 그럴수록 나는 힘들었다. 어쩔 수 없이 숨을 최소한으로 쉬려고 노력할 수밖에 없었다. 택시 안의 냄새와 덜컹거림은 당장 어떻게 할 수 있는 게 아니었다. 나는 어쩔 수 없다고 생각했다. 그도 그럴 것이 택시에는 수많은 사람들이 오고 갔을 것이고 백미러에 비친 택시운전사는 내가 보기에 그리 젊어 보이지 않았다. 머리숱은 별로 없고 머리칼은 하얗게 세었다. 얼굴이 파리하고 건강해 보이지 않았다. 택시도 낡을 대로 낡았기 때문에 택시는 오랫동안 택시였던 것 같고 그동안 택시에 정말 많은 사람들이 오갔을 것이라고 나는 짐작했다. 택시를 오간 사람들 수만큼 그들의 냄새가 남아 있을 것이다. 아마도 택시운전사는 손님이 없을 때마다 매번 담배에 불을 붙였을지도 모른다. 그런데 택시운전사는 택시 안의 냄새를 맡지 못하는 걸까? 냄새라는 건 익숙해지기 마련이지만, 나는 그가 택시 안의 수상한 냄새들을 맡을 수 있는지 문득 궁금했다. 그러다 갑자기 그런 생각이 들었다. '내가 택시에 탔다는 건 알고 있을까?'

택시 안에서, 나는 피곤했다. 나는 너무 피곤했다. 몸이 쑤시고 열이 났다. 그 전날 잠도 제대로 못 잤고, 며칠 무리했더니 감기 몸살에 걸렸다. 오전에는 병원에 갔었다. 병원에서 진료를 받고 약속 장소로 갈 생각이었다. 환절기라 그런지 병원에는 사람이 많았다. 나는 한참을 기다리고 있었는데 무슨 일인지 나보다 늦게 온 사람들이 하나둘 보이지 않았다. 기다릴 만큼 기다려 봤지만 간호사는 내 이름을 부르지 않았다. 나는 바쁜 간호사들을 재촉하고 싶지 않았다. 시간이 좀 지나고 점심 시간이 됐는지 간호사들이 자리에서 일어났다. 나는 언제쯤 진료를 받을 수 있는지 그제야 물어봤는데 간호사들은 난감한 표정을 지으며 지금 점심 시간이라 1시간 뒤에 바로 진료를 받을 수 있게 해준다고 했다. 그러고는 구석으로 가서 그들끼리 작게 수군댔다. 나는 그 사람과의 약속 때문에 더 기다리지 못하고 병원을 나왔다. 그리고 하루 종일 길바닥을 배회하며 시간을 보냈다. 그 사람이 약속을 지키지 않았기 때문에.

피곤하고, 몸이 아팠다. 그렇지 않았다면 예민하지 않았을지도 모르겠는데 너무 피곤하고 예민해서 택시 안의 냄새를 견디기가 어려웠다. 나를 괴롭게 하는 건 결국 나의 예민함일까 싶었지만 내 탓을 하고 싶지 않았다. 어지러웠다. 냄새와 어지러움과 약속을 지키지 않은 그 사람의 무례함을 참느라 나를 탓할 여력이 없었다. 택시 안에서, 내가 뭘 어쩔 수가 있었을까? 그저 나는 창문을 3분의 1쯤 열었을 뿐이다. 나로서는 그게 할 수 있는 전부였다. 하지만 택시운전사는 버튼을 눌러 지체 없이 내가 연 창문을 도로 닫아버렸다. 아무런 말도 없이. 나는 언짢았다. 바로 뒤따라 택시가 터널 속으로 들어가서 그럴 수도 있겠다 싶었지만 그래도 말 한마디라도 해줬으면 좋지 않았을까 싶었다. 터널 속에서 창문을 닫아야 한다는 건 나도 알고 있으니까. 그런데 터널이 너무 길었다. 길이를 정확히 알 수는 없었지만 나는 터널이 길어도 너무 길다고 느꼈다. 나는 냄새 때문에 숨을 최소한으로 쉬고 있었고, 멀미와 어지러움에 괴로웠다. 터널은 정말 길었다. 그런데 택시가 터널을 빠져나왔는데도 택시운전사는 창문을 다시 열어주지 않았다. 아무런 말도 없었다. 고민하다가 나도 열지 않았다. 내가 창문을 다시 열었을 때 택시운전사가 또 그렇게 창문을 닫아버린다면…… 생각을 하는 중에 택시는 또 터널 속으로 들어갔다.

그 동네는 낯선 곳이었다. 내가 주로 지내는 동네에서는 차로 2시간 넘게 가야 하는 곳이었다. 멀고 낯선 그곳까지 간 건 약속이 있었기 때문이었다. 내게 만나자고 약속을 한 그 사람은 그 동네에 사는 사람이다. 약속 장소를 정할 때 내가 어디에 살고 있는지 알면서 그 사람은 아랑곳없이 그곳까지 오라고 했다. 당연한 듯 말해서 기분이 좋지 않았지만 나는 그 사람 기분을 맞춰준답시고 그러기로 했다. 그건 쓸데없는 짓이었다. 그 사람은 약속을 지키지 않았고 약속 시간이 많이 지났는데도 내게 어떤 연락도 하지 않았다. 내가 여러 번 전화를 걸어봐도 그 사람은 전화를 받지 않았다. 그 사람을 기다리며 우물쭈물 약속 장소 근처를 배회하는 동안 하루가 저물었다. 그곳은 외진 동네여서 버스 편도 마땅치 않고 택시 잡기도 어려웠다. 가끔 택시가 한 대씩 지나갔지만 모두 손님을 태우고 있었고 40분 정도를 기다려서 잡은 택시는 어지러울 정도로 냄새가 나고 덜컹거려서 멀미가 나는 택시였다. 하필 택시를 잡아도 그런 택시가 잡히다니 나는 속으로 누굴 탓해야 하나 생각했다. 택시운전사는 어서오세요 말도 없었고 나는 택시에서 어서 내리고 싶었다. 하지만 언제 또 택시를 잡을 수 있을지 모를 일이었다. 그 동네에는 더 이상 있고 싶지 않았다. 일단 참고 가보기로 했다. 나는 무조건 집으로 가고 싶었다. 너무 아프고 피곤했다. 하지만 집까지 택시를 타고 가기에는 택시비가 너무 많이 나올 게 분명했다. 나는 자구책으로 20분 정도 가면 되는 곳을 택시운전사에게 말했다. 그곳에 가면 집으로 가는 버스를 탈 수 있다. 버스를 타고 2시간 가까이 또 가야 하지만 그래도 그곳에는 집 앞 정류장까지 갈아타지 않고 갈 수 있는 광역버스가 있다. 하필 퇴근 시간이라 버스에 자리가 있을지는 모르겠지만 그런 끔찍한 택시를 계속 타고 갈 수는 없었다. 만원 버스라면 차라리 기다렸다 다음 버스를 타는 게 나을 것 같았다. 일단 20분만 가자. 나는 나를 달래며 창밖을 바라보고 있었다. 터널 벽면 타일들을 계속 보고 있으니 어지러웠다. 나는 눈을 감았다. 저절로 감긴 것 같기도 하다.

잠깐이었던 것 같은데, 나는 왠지 모를 시간의 단절을 느꼈다. '잠이 들었었나?' 그런 것 같았다. 주섬주섬 주머니에서 핸드폰을 꺼내 시간을 확인했다. 예상대로라면 목적지에 벌써 도착했어야 하는데 택시는 여전히 도로 위를 달리고 있었다. 택시운전사는 여전히 무표정이었지만 어쩐지 무슨 생각에 잠겨 있는 것 같았다. 내가 보기에 그는 생각에 아주 깊이 빠져있었다. 나는 괜히 눈치를 보며 마른 세수를 했다. 택시에서 잠이 든 건 아마도 처음인 것 같았다.

주위가 어두웠다. 여기가 어디쯤인지 알 수가 없었다. 핸드폰을 켜고 지도앱을 열었다. '이 길이 맞나?' 나는 핸드폰 화면을 더 확대해서 자세히 살펴봤다. 택시는 분명 다른 곳으로 가고 있었다. 내가 말한 목적지와는 한참 동떨어진 곳에 내가 있었다. '퇴근 시간이라 다른 곳으로 돌아온 걸까?' 생각해 봐도 내가 말한 목적지로 가는 길은 아닌 것 같았다. 나는 내가 택시를 탔던 동네보다 더 외진 곳에 있었다. 나는 긴장했다. 택시운전사에게 이 길이 맞는지 목적지를 착각한 건 아닌지 말하려고 말을 고르고 있었는데 핸드폰 진동이 울렸다. 그 사람이었다. 약속을 지키지 않고 낯선 동네를 배회하게 한 그 사람. 전화를 받을까 말까 나는 기다렸다. 기다릴 만큼 기다렸다가 전화를 받긴 받을 생각이었다. 대체 약속 장소에는 왜 나오지 않은 건지, 뭐라고 변명할 건지 궁금했다. 그런데 몇 초 지나지 않아서 전화가 끊겼다. 내가 끊은 게 아니었다. 그 사람이 끊은 것도 아니었다. 갑자기 핸드폰이 신호를 잡지 못하고 먹통이 돼버렸다. 전원을 껐다가 다시 켜봐도 마찬가지였다. 지도앱의 '현위치' 기능도 더 이상 내가 어디쯤 있는지 알려주지 못했다. 주위는 점점 더 어두워졌다. 택시는 가로등 불빛도 몇 개 없는 곳으로, 점점 더 어두운 곳으로, 깊은 구덩이 속으로 빨려 들어가듯 도로 위를 계속 달려갔다.

이대로는 안 되겠다 싶었다. 납치 당하는 건 아닌지 겁이 났다. 나는 예감이 좋지 않았다. 아무튼 하루 종일 되는 일이 없었다. '이게 다 그 사람이 약속을 지키지 않아서야.' 나는 그 사람 탓을 하고 싶었다. 어지러웠다. 택시가 계속 덜컹거렸다. 정신을 차려야 한다고 생각했지만 좀처럼 잘 되지 않았다. '무슨 말이라도 해야 하지 않을까.' 나는 말을 고르면서 헛기침을 한번 했다.

"저, 이 길로 가는 게 맞나요?"

내가 말했을 때 순간 택시운전사의 어깨가 움찔했다. 백미러로 나를 확인하려는 듯 그가 시선을 들어 나를 쳐다봤다. 내가 있는지조차 몰랐던 건 아닌지 모르겠다. 그의 이마에 선이 굵은 주름이 생겼다. 그가 졸고 있었던 건 아닌 것 같은데 내가 말을 걸었을 때 그는 방금 막 잠에서 깬 사람 같았다. 눈에 초점이 없고 멍해 보였다. 그는 손을 들어 뒤통수를 긁적였다. 메마른 풀이 바스락거리는 소리가 났다. 택시운전사가 내게 작게 말했다. 나는 겨우 그 말을 들을 수 있었다. "어디로 가신다고 하셨죠……?"

나는 기분이 좋지 않았지만 택시운전사가 내 말을 들었다는, 들을 수 있다는 것에 조금은 마음이 놓였다. 나는 아까 말한 목적지를 다시 그에게 말해주었다. 그러고는 그의 말을 기다렸다. 조금 길다 싶을 정도로 말이 없다가, 택시운전사는 내게 죄송하다고 했다. 그러면서 처음으로 고개를 약간 돌려 나를 쳐다봤다.

"죄송합니다. 제가 너무 생각에 빠져 있다 보니 다른 곳에 와버렸네요. 저도 모르게…… 죄송합니다. 다른 사람과 함께 이곳에 온 건 처음인데…… 이상하네요. 이런 적이 없었는데."

웅얼거리듯 그가 말했다. 나는 겨우 그 말을 알아듣고 있었다.

'이곳?'

나는 택시운전사가 말한 '이곳'이란 단어에 대해 생각해 보고 있었다. 그는 전에도 종종 '이곳'에 왔었던 거다. 그의 말대로라면 전에는 혼자 왔었는데 이번에는 나와 함께 온 것이다. 그러려고 그런 건 아닌 것 같지만. 그런데 생각했던 것보다 그는 내게 정중하게 말을 했다. 아주 불친절한 사람인 줄 알았는데 그런 건 아닌 것 같았다. 그런 느낌이 들었다.

"이곳이 어딥니까? 제가 말씀드린 곳으로 다시 가시죠."

내 목소리는 불안했다. 길을 잘못 들었다고 이곳에서 내릴 수는 없었다. 이곳은 택시를 탔던 동네보다 훨씬 더 외진 곳이고 너무도 어둡다. 나를 납치한 게 아니라면 길을 돌아가든 왔던 길로 다시 가든 아무튼 이 택시를 타고 가야 한다고 생각했다. 하지만 요금 얘기는 섣불리 하지 않았다. 너무도 어둡고 외진 '이곳'에서 요금을 가지고 그와 실랑이하고 싶지는 않았다. 그래서는 안 될 것 같았다.

택시운전사는 백미러로 나를 다시 쳐다봤다. 그러고는 고개를 좌우로 흔들었다.

"죄송하지만, 안 됩니다. 그러니까 지금 바로 갈 수는 없어요…… 지금 차를 돌리면 아주 위험해서…… 이럴 땐 끝까지 가야 합니다. 아무튼 목적지에는 모셔다 드리겠습니다. 걱정이 되시겠지만, 걱정하지 마세요."

그가 말했다. "손님과는 상관 없는 일이니까요."

*

비가 내리기 시작했다. 얼마 지나지 않아 빗소리가 아주 가깝게 들렸다. 굵은 빗줄기가 택시 차창을 연신 때렸다. 3월인데, 장마철인 것처럼 비가 세차게 내렸다. 어두웠다. 검은 물감을 풀어놓은 물속에 들어와 있는 것 같았다. 일기예보에 비가 온다는 말은 없었다. 일기예보가 틀릴 수도 있겠지만 아무리 그래도 장맛비처럼 비가 올 수는 없을 텐데, 비가 퍼붓는다. 축축하게 비 냄새가 났고 슬금슬금 수상한 냄새가 섞였다. 알코올 냄새. 술 냄새. '왜 택시에서 술 냄새가 나는 걸까?' 그리고 라디오 소리가 들렸다. 언제인지도 모르게 라디오가 켜져서 노래를 흘려보내고 있었다. 오래된 가요였다. 택시운전사가 그 노래를 흥얼거렸다. 그가 따라 부르는 노래에서 술 냄새가 났다. 술 냄새를 보다가, 백미러에 비친 택시운전사의 얼굴을 봤다. 어두워서 잘 보이지 않았다가 조금 뒤 맞은편에서 오는 트럭 불빛이 그의 얼굴을 밝게 비췄다. 무슨 일인지 택시운전사의 머리가 까맣다. 그의 얼굴 주름도 사라졌다. 사람이 이삼십 년은 젊어진 것 같았다. 트럭이 연신 경적을 울리다 지나갔다. 다시 어두워졌다. 나는 꿈을 꾸고 있는 것 같았다. 자각몽, 아니면 고도의 가상현실 같은 것이었을까. 택시 안에서 내가 할 수 있는 건 거의 아무것도 없었다. 의자를 꼭 붙들고 있는 것밖에는. 빗길에 택시가 미끌미끌 춤을 췄다. 택시운전사는 속도를 줄일 생각이 없는 것 같았다. 흥이 올랐는지 노래를 더 크게 불렀다. 노래 실력은 형편없었다. 나는 뒷좌석에 앉아 안전벨트를 하고 조수석 의자를 꽉 붙들고 앞을 주시했다. 의자를 붙들고 있느라 두 귀를 막을 손이 없었다. 세차게 내리는 비, 창밖은 어둡기만 하다.

나는 멀미를 견디기가 힘들었다. 열이 나고, 토할 것 같았다. 참다 참다 결국 쏟아내나 싶을 때 쿵 소리가 났다. 무언가에 부딪힌 것 같았다. 택시운전사가 급브레이크를 밟았다. 순간 택시가 비에 젖은 도로 위를 미끄러졌다. 나는 거의 기절할 뻔 했다. 말도 나오지 않았다. 택시운전사는 두 손으로 핸들을 꽉 쥐고 기도라도 하는 듯 눈을 꾹 감고 있었다. 기도가 끝나고, 그가 불안한 눈을 떴다. 그리고 천천히 택시에서 내렸다. 택시운전사는 운전석 문을 열고 내려 택시가 지나온 방향을 바라봤다. 무슨 일인지 살펴보는 것 같았다. 그게 뭔지 가까이 다가가지는 않았다. 그저 멀리서 짐작해 보고 있는 것 같았다. 그러는 동안 그는 비에 흠뻑 젖었다. 한참을 그러고 있다가 그가 도로 택시에 탔다. 물을 뚝뚝 흘리며 운전석에 앉아 뭐라고 중얼거렸는데 빗소리가 너무 커서 잘 들리지 않았다. 아우성치는 군중 속에 있는 것 같았다. 그의 중얼거림은 '……사람이 있을 리 없어.'로 끝났다. 핸들을 잡은 그의 손과 어깨가 부들부들

떨렸다. 영화를 보듯 나는 그걸 보고 있었다. 그럴 수밖에 없었다.

택시가 움직인다. 지지직거리는 라디오 잡음 속에서 나지막하게 디제이의 음성이 들렸다. 디제이는 늦은 밤 외로운 사람들에게 이 노래를 보낸다고 했다. 곧이어 노래가 흘러나오기 시작했다. 그 노래도 언젠가 들어본 적 있는 오래된 가요였다. 택시운전사는 노래를 따라 부르지 않았다. 택시는 말없이 도시의 경계에 있는 '안녕히 가십시오.' 표지판을 지나치고, 밝은 터널 속으로 들어갔다.

**

터널 속에서는 빗소리가 들리지 않았다. 터널 속 조명 빛에 어둠이 걷혔다. 택시운전사의 얼굴을 봤다. 처음 봤던 모습으로 다시 돌아와 있었다. 그리고 터널을 통과하는 동안 비에 젖었던 그의 옷이 물기 없이 다 말랐다. 터널을 빠져나오자 택시운전사가 창문을 열었다. 도로는 퇴근길 교통 정체로 꽉 막혀 있었다. 비도 내리지 않았다. 누군가 요술을 부린 것인지,

아니면 그런 요술 같은 일이 가끔 정말로 일어나는 일 중 하나인지 나는 알 수 없었다. 택시운전사가 이마에 굵은 주름을 그리며 백미러로 나를 쳐다봤다.

"생각에 너무 빠져 있었네요. 골똘히 빠져서는…… 아무튼 10분 정도만 더 가면 됩니다." 그가 말했다. "요금은 내지 마세요."

나는 그에게 알았다고 했다. 택시에는 여전히 수상한 냄새들이 가득했지만 신경 쓰이지 않았다. 다만 한 가지 그에게 물어보고 싶은 게 있었다. 망설이다가 그에게 아까 그곳은 어떤 곳이냐고 물어봤다. 제대로 물어본 것인지 나는 알 수 없었다. 택시운전사는 말을 고르는 듯 한참 말이 없다가 목적지에 거의 도착했을 때쯤 내게 그걸 대답해 주었다. 그곳은 누구에게나 있다고.

그가 말한 대로 그는 요금을 받지 않았다.

택시에서 내려서 버스정류장으로 갔다. 피곤함도 감기도 잊어버리고 천천히 걸었다. 가는 중에 문자 메시지가 왔다. 약속을 지키지 않은 그 사람이었다. 문자 메시지에 그 사람은 장문의 변명을 늘어놓았는데 나는 그게 눈에 들어오지 않았다. 핸드폰 통화 목록에는 그 사람에게서 온 부재중 전화가 3통 있었다. 약속을 제멋대로 지키지 않은 그 사람에게 화도 나지 않았고 문자 메시지 내용에도 관심이 가지 않았다.

나는 핸드폰을 주머니에 다시 넣고 버스정류장에 앉아 버스를 기다리고 있었다. 하지만 버스가 왔어도 타지 않았다. 만원 버스여서 그런 게 아니었다. 나는 골똘히 생각에 빠져 있었다. 택시운전사가 말한 '누구에게나 있는 그곳'에 대해 그저 생각해 보고 싶었을 뿐이다. 골똘히 생각에 빠져 있다 보면 그곳에 가버리게 된다. 골똘히 생각에 빠져 있다 보면.

내게도 그런 곳이 있다. 다시 비가 내리기 시작했다.

이곳

일요일 어디에나 있을 것 같은

 구름 없는 하늘색 하늘에 하얀 달이 떠 있었다. 칼날이 예리한 칼로 달을 아주 얇게 잘라 핀셋으로 집어 한 장 붙여놓은 것처럼.
 지금은 하늘 어디에도 달이 보이지 않는다. 정오 무렵의 봄은 포근하고, 하늘은 맑기만 하다. 통화가 끝나고, 유영은 정류장 의자에 앉아 명진이 한 말들을 생각해 보고 있다. 멀리 버스가 보인다. 아침에 입고 나온 정장과 깨끗이 닦아 신은 구두가 흙투성이가 돼 있다.

*

아침에 유영은 버스 유리창 너머로 얇고 하얀 달을 바라보고 있었다. 달을 보다가 얼굴을 봤다. 차창에 비친 자신의 얼굴이 생각보다 굳어 있고 무표정해서 내심 놀랐다. 한동안 거울을 거의 안 보고 살긴 했지만 유영이 기억하는 자신의 얼굴과 차창에 비친 얼굴은 꽤 달랐다. 웃어보기도 하면서 표정 연습을 해봤지만 잘되지 않았다. 계속 얼굴을 보고 있으니 왠지 다른 사람이 자신을 쳐다보고 있는 것 같은 느낌이 들어 고개를 돌려 다른 곳을 봤다.

유영은 옷장에 딱 한 벌 있는 정장을 꺼내 입었고 깨끗한 구두를 신었다. 버스 안 라디오에서 일기예보가 나오고 있었다. 일기예보를 전하는 목소리가 오늘 날씨는 종일 맑고 낮 동안 포근하겠다며 큰 일교차에 건강 관리 유의하시라고 했다. 유영은 긴장하고 있었다. 얼마 전 이력서를 넣은 회사에서 면접을 보러 오라는 연락이 왔다. 당연히 이번에도 떨어진 줄 알았는데, 결원이 생겨 한 자리가 생겼다고 했다. 유영은 일어나자마자 서둘러 준비를 하고 옷을 챙겨 입고 버스를 탔다. 꼭 가고 싶었던 회사였다. 유영은 예상 면접 질문을 생각해 보고 답변을 정리하면서 버스 자리에 앉아 가고 있었다. 갑작스러운 연락에 너무 긴장을 해서 정신이 하나도 없었다. 그런데 뭔가 이상했던 게, 출근 시간인데도 버스에는 사람이 많지 않았다. 앉을 자리도 꽤 많았다.

일기예보가 끝나고, 경쾌한 노래 한 곡이 나왔다. 노래가 끝난 다음 라디오 진행자의 멘트가 이어졌다.

"화창한 봄이네요. 일요일 나들이 계획 세우신 분들이 많을 것 같은데요, 오늘 날씨도 맑아서 나들이 가기에 참 좋은 날인 것 같습니다……."

일요일.

유영은 눈이 동그래졌다. 얼른 창밖으로 시선을 돌렸다. 아무도 보는 사람은 없었지만 누군가 자신을 계속 뚫어지게 쳐다보고 있는 것 같았다. 어딘가 구멍이 뚫린 것 같았다.

지난 밤 꿈은 너무 진짜 같은 꿈이었다. 면접을 보러오라는 연락은 꿈에서 받았고, 유영은 그 회사에 이력서를 낸 적도 없었다.

3, 4년쯤 유영은 일이 정말 풀리지 않았다. 취업은 말할 것도 없고, 많은 일들이 어렵기만 했다. 길을 가다 아무 이유 없이 누군가 시비를 걸기도 했고, 크게 다치지는 않았지만 횡단보도를 건너다 교통사고가 나기도 했다. 며칠 입원을 하는 바람에 준비하고 있었던 시험도 치르지 못했었다. 노트북을 도난당하는 일도 있었고, 신발을 벗고 들어가는 식당에서 신발을

잃어버리기도 했다. 갑작스럽게 돈이 필요한 일들이 생기기도 했다. 그런 일들은 정말로 갑자기 생겼다. 유영에게는 모아놓은 돈이 없었다. 음식점에서 아르바이트를 하다 손을 다치기도 하고 편의점 아르바이트를 하면서는 돈 계산이 맞지 않아 사장에게 도둑으로 오해를 받기도 했다. 돈이 필요할 때 유영은 하는 수 없이 친구들에게 돈을 빌렸다. 그런 일들이 늘어갔다. 하지만 빌린 돈을 제대로 갚지 못했기 때문에 서로 감정이 나빠져서, 친구들과는 연락이 끊겼다. 새롭게 만나는 사람들과는 관계가 오래 지속되지 않았다. 유영은 노력했지만 사람들이 유영을 떠나갔다. 삶이 마음대로 되지 않는다는 말은 너무나 유명한 말이었지만 유영에게 유용한 말은 아니었다. 작정하고 은둔하려는 건 아니었지만 집 밖에 나가지 않게 됐다. 점점 그렇게 됐다. 유영은 집에만 있었고 집 밖에는 실패만 있다고 여겼다. 부모님과 함께 살았고 유영은 방에 혼자 있었다. 낮에 자고 밤에 깼다. 스마트폰만 들여다봤다. 스마트폰 SNS 속에서 다른 사람들의 편집된 행복과 불행을 반복적으로 구경했다. 그럴수록 유영은 불안했다. 불안이 불행 같았다.

'정말 진짜 같았어.'

버스 안에서 유영은 꿈을 생각했다. 창밖으로 회사 건물이 보였다. 그 건물 위로 얇고 하얀 달이 떠 있었다. 버스가 회사 건물을 지나쳐 갔다. 너무 진짜 같았던 그 꿈이 꿈인 줄 몰랐다면 유영은 이번 정류장에서 내려 떨리는 마음을 안고 회사 건물로 들어갔을 것이다. 그러기 전에 알게 돼 다행인 걸까? 유영은 회사 건물을 보며, 그대로 자리에 앉아 있었다. 목적지도 없이 그냥 계속 갔다. 아주 오랜만의 외출이라 그랬는지 집에는 돌아가고 싶지 않았다.

고층빌딩들이 밀집한 번화가를 지나 버스가 몇몇 정류장을 더 지나는 동안 풍경이 달라졌다. 건물들은 낮아지고 창밖으로 산과 논밭과 수풀들, 교외 풍경이 이어졌다. 그 사이 버스 안 승객들은 거의 다 내렸다. 우물쭈물하다 유영은 버스를 타고 한참을 왔다. 버스 안에는 운전사를 포함해 3명이 있었다. 정장을 입고 깨끗한 구두를 신은 사람은 유영뿐이었다. 나머지 1명은 눈에 띄지 않는 평범하고 편안해 보이는 옷을 입었다. 버스에서 사람들이 거의 다 내렸는데 유영은 어쩐지 더 눈치가 보였다. 운전사가 백미러로 자신을 쳐다보고 있는 것 같았다. 왜 일요일에 깨끗한 구두를 신고 불편하게 정장을 입고 있지? 하며 궁금해하는 것 같았다. 그런데 그건 이상한 일이 아니다. 일요일에도 깨끗한 구두를 신고 정장을 입을 수 있다. 이를테면 결혼식에 간다거나 성당이나 교회를 가는 사람이면 말이다. 그것 말고도 격식이 필요한 일이 있을 수도 있고 그냥 입고 싶어 입을 수도 있다. 일요일에 정장을 입어도 깨끗한 구두를 신어도 남들과는 아무 상관이 없다. 운전사도 유영에게는 아무

관심이 없었다. 하지만 유영은 그렇게까지는 생각하지 못했다. 너무 진짜 같은 꿈을 꾸고 면접을 보러 가겠다고 서둘러 버스에 올라탄 자신이 창피했다. 그 생각에만 빠져 있었다.

그런데 유영을 쳐다보고 있는 사람은 운전사가 아니었다. 버스 맨 뒷자리에 앉은 누군가가 무언가 확인하려는 듯 유영을 보고 있었다. 그 사람은 일요일 어디에나 있을 것 같은 사람이었다. 눈에 띄지 않는 평범하고 편안해 보이는 옷을 입고 존재감을 감추고 있었기 때문에 유영은 그 사람이 있는 줄 몰랐다. 버스에 혼자 있다고 생각했다. 그 사람은 잡티 하나 없이 깨끗하고 무표정하지만 차가워 보이지 않는 얼굴이었다. 그 얼굴이 유영을 보고 있었다. 무심해 보이지만 유영에게서 시선을 떼지 않았다.

도로에 움푹 패인 곳들이 있는지 버스가 덜커덩거렸다. 버스가 덜커덩거릴 때마다 유영도 함께 흔들렸다. 흔들리다가, 유영은 문득 너무 멀리 온 것 같았다. 버스가 도시의 경계를 지나고 있었다. 더 가면 안 될 것 같아 하차벨을 눌렀다. 이윽고 버스가 멈췄다. 모르는 곳이었지만 유영은 아무튼 건너편 정류장으로 가서 왔던 길을 되돌아가기로 했다. 유영이 버스에서 내리고 조금 뒤 눈에 띄지 않는 옷차림의 그 사람도 따라 내렸다. 그 사람은 사뿐사뿐 움직였다.

**

한적하고 조용한 곳이었다. 멀지 않은 곳에서 까마귀가 울었다. 유영은 까마귀 울음소리가 비웃음 같았다. 버스는 터널 속으로 들어갔다. 건너편에 버스정류장이 있었다. 유영은 조심스럽게 길을 건너 정류장으로 갔다. 타고 온 버스와 같은 번호 버스가 있는 걸 확인하고 정류장 벤치에 앉았다. 버스가 언제 올지 알 수 없었다. 아무튼 버스가 오긴 올 테지만 그저 앉아 있을 수밖에 없었다. 마른 풀들이 선선한 바람에 흔들리는 소리와 까마귀 울음소리가 종종 들렸다. 봄꽃이 군데군데 피어 있었다. 유영은 왠지 긴장이 돼서 목운동을 하고 기지개를 켰다. 하품이 푹 나왔다. 갑자기 바람이 휭 불었다. 유영은 시선 하나를 느꼈다. 주변에 아무도 없는 줄 알았지만 건너편에서 누군가 자신을 보고 있었다. 눈에 띄지 않는 옷차림이었다. 한적하고 조용한 곳, 눈에 띄지 않는 옷을 입었지만 그 사람뿐이었으므로 그 사람이 있다는 걸 모를 수가 없었다. 누굴까? 누군지도 모르는 사람이 자신을 계속 쳐다보고 있어서 유영은 흠칫 놀랐다. 괜히 딴청을 피웠다. 흘끔거리면서 살펴봐도 계속 쳐다보고 있었다. 이 차선 도로에 가끔 자동차들이 왔다 갔다 했다. 그 사람이 마음만 먹으면 언제든지 길을 건너올 수 있을 것 같았다.

'다음 정류장으로 갈까?'

도로 양옆으로는 마른 풀들과 논과 밭들이 있었다. 멀리 개나리가 흐드러지게 피어 있는 게 보였지만 그런 건 유영의 눈에 들어오지 않았다. 길을 따라 버스가 왔던 쪽으로 걸어서 다음 정류장으로 가보기로 했다.

'따라오진 않겠지.'

눈치를 보며 다음 정류장을 향해 유영이 걸어가는데 그 사람도 걸어왔다. 길 건너에서, 유영을 계속 보면서. '왜 그러는 걸까?' 유영은 알 수가 없었다. 맑고 포근한 봄 날씨, 등에 한 줄기 땀이 흘러내렸다. 몇 년 사이 불운하고 불행한 일들이 많았는데, 오늘도 역시 예외가 아닐 것 같았다.

다음 버스정류장이 눈에 보였다. 그 사람이 여전히 자신을 보며 건너편에서 나란히 걸어오고 있지만 곧 버스가 온다면 그다지 나쁜 일은 일어나지 않을 것 같았다. 버스가 오는지 유영은 몸을 돌려 뒤를 자주 확인했다. 괜히 스마트폰을 켰다 껐다 반복했다. 그렇게 걸어가다가, 그 자리에 멈춰 얼어붙어 버렸는데 다음 버스정류장과 자신의 중간쯤에 웬 떠돌이개 세 마리가 있었기 때문이었다. 몸집이 크고 줄에 묶여 있지도 않은 흰색, 누런색, 검은색 개 세 마리가 유영을 보고 있었다. 건너편 그 사람도 멈춰서서 유영을 보고 있었다. 바람이 휭 불었다.

향긋하고 달콤한 꽃 냄새가 났다. 이런 상황이지만 봄이니까, 향긋한 냄새가 났다. 개들이 몸을 낮추고 으르렁댔다. 유영은 지난 밤 너무 진짜 같은 꿈을 꾼 자신이 미웠다. 아무리 불운하다고 해도, 집 밖에는 언제나 실패만이 있다고 해도, 이건 아니지 않나 싶었다. 식은땀이 났다. 꿈을 현실이라 착각하고 집 밖에 나와버린 자신이 너무 멍청한 것 같았다. 헛웃음이 나왔. 떠돌이 개들이 점점 다가오고 있었다. 유영은 건너편 그 사람이 있는 쪽으로 갈까 생각해 봤지만 내키지 않았다. 그쪽은 더 큰 불행일 수도 있을 것 같았다. 일요일 어디에나 있을 것 같은 평범한 모습이지만 그 사람은 어쩐지 느낌이 좋지 않았다. 길 옆 논으로 도망가는 수밖에 없었다. 멀지 않은 곳에 비닐하우스가 보였다. '논을 가로질러 가자.'

유영은 개들을 자극하지 않으면서 천천히 가보기로 했다. 비닐하우스 안에 일단 들어가서 경찰이든 소방관이든 도움을 청하면 될 것 같았다. 그런 생각을 하며 길 옆 논으로 발을 디뎠는데 지면이 푹 내려앉았다. 흙이 무너지고 유영은 발을 헛디뎌 넘어지고 말았다. 흥분한 개들이 컹컹 짖으며 달려왔다. 유영은 일어나 정신없이 뛰었다. 비닐하우스를 향해. 논을 갈아놓아 흙이 부드러웠다. 부드럽게 흙냄새가 올라왔다. 봄이라 어쩔 수 없이. 푹신하고 부드러운 흙에 발이 푹푹 빠져 유영은 제대로 뛰지 못했다. 구두 속으로 흙이 들어왔다. 삼색 떠돌이 개들이 서로 경주를 하며 달려왔다. 도망가다 구두는 벗겨지고, 유영은 또 넘어졌다.

'나를 어쩌려는 걸까.'

이윽고 개들이 가까이 왔을 때 유영은 눈을 질끈 감았다. 이제 끝이다 싶어 더 꼭 감고 있었다. 축축한, 혀가 느껴졌다. 혀가 세 개. 따뜻했다. 눈을 떠서 보니 떠돌이 개 세 마리가 유영의 머리카락과 얼굴을 핥고 있었다. 꼬리를 흔들며. 그리고 길 건너편 그 사람도 함께 있었다. 그 사람은 무구하고 무심한 눈으로, 유영을 살펴보다 개들을 데리고 갔다. 그리고 순간 사라졌다. 모두 착각이었던 걸까? 유영은 자신이 또 너무 진짜 같은 꿈을 꾸고 있는 게 아닐까 싶었다. 머리와 옷에 묻은 흙을 털어봤지만 별 소용이 없었다. 흙을 빼내고 구두를 신었다. 버스정류장 쪽으로 터벅터벅 걸어가는데 주머니에서 스마트폰 진동이 울렸다. 명진의 전화였다. 유영은 명진이 누군지 알았지만 너무 오랜만이었기 때문에, 전화를 받지 않고 우두커니 보고만 있었다. 전화가 끊겼다.

유영은 버스정류장에 앉아 마음을 가라앉히고 명진에게 전화를 걸었다. 명진과는 대학 동기인데 명진이 휴학을 하면서 연락이 끊겼다. 연락이 끊기기 전까지는 그래도 친한 사이였다고 유영은 생각하고 있다. 명진은 갑자기 연락을 끊었다. 유영이 전화를 해도 받지 않았고 문자 메시지를 보내도 답장을 보내지 않았다.

신호음이 세 번 울리고 명진의 목소리가 들렸다.

"오랜만이야. 유영." 명진이 말했다. "잘 지냈어?"

유영이 예상했던 것보다 명진의 목소리는 밝았다. 유영은 잘 지낸다고 말하고 싶었는데 그 말이 나오지 않아서 그저 "괜찮아."라고만 말했다.

"그래. 근데 너 잘 못 지내고 있잖아. 그렇지? 얘기 들었어."

"얘기? 무슨 얘기?"

"응. 아니야. 아무튼 진짜 오랜만이다. 예전엔 우리 친했었는데. 수업 시간도 맞추고 점심도 같이 먹고."

"어. 그랬었지." 유영이 말했다. "네가 연락 끊기 전까지는."

"내가 연락을 끊기 전까지는……."

명진이 말끝을 흐렸다.

"내 전화도 안 받고 문자 답장도 안 했잖아."

유영은 기분이 좋지 않았다. 까마귀가 크게 울어댔다.

"근데 너 까마귀 옆에 있어?"

"옆은 아니고, 근처에."

"그렇구나. 왠지 비웃는 거 같네."

명진의 말에 유영은 기분이 좋지 않았다. 유영이 물었다.

"왜 갑자기 연락을 끊은 거야?"

"내가 왜 그랬는지 모르는구나?" 명진이 말했다. "역시 그럴 거라 생각은 했어."

"왜 그랬는데?"

유영의 목소리가 조금 높아졌다.

"나한테는 중요하지만, 너는 사소하게 여기는 일 때문에."

"그게 뭔데?"

"이제는 상관없어. 나한테도 사소해졌으니까."

"그게 무슨 말이야."

"그나저나 그것보다 너는 다른 게 궁금할 것 같은데?"

명진은 약간 비아냥대는 것 같았다.

"갑자기 전화해서, 왜 이러는데? 내가 뭘 궁금해해?"

"네가 요 몇 년 간 잘 못 지냈던 거, 왜 그랬는지 알려줄까?"

유영은 귀가 뜨거웠다. 말이 나오지 않았다.

"왜 그랬냐면, 내가 저주를 내렸거든. 너한테."

명진이 말했다. 밝고 명랑한 목소리로. 재미있어하는 것 같았다.

"저주?"

"너는 몰랐겠지만, 나한테는 그런 재주가 있어. 집안 내력 때문에. 재주라고 하기엔 그 또한 저주 같기는 하지만. 그걸 하면 나도 대가를 치러야 하거든. 그래서 나도 그동안 그리 잘 지낸 건 아니야. 위안이 될지는 모르겠지만."

"왜 저주를, 내린 건데?"

그동안의 불운과 불행이 명진의 저주 때문이었다니, 명진은 멈춘 시계처럼 아무런 생각도 할 수가 없었다.

"아까 말했잖아. 나한테는 중요했지만, 너는 사소하게 여겼던 일 때문이라고. 기억 못 하겠지만. 아무튼 그때는 네가 정말 미웠어. 너무 미워서 그랬어."

유영은 그 일이 무엇인지 도무지 알 수가 없었다. 분명 있었겠지만 아예 있지도 않은 일처럼 기억나지 않았다. 기억하려 할수록 머릿속이 텅 비어갔다. 텅 비어버린 유영에게 명진이 말했다.

"이제 저주는 풀렸어. 앞으로는 좋은 일들이 가득하길 바랄게. 이 말 하려고 전화했어."

그렇게 말하고 명진은 전화를 끊었다.

바다에 비가 내릴 것 같아

해영은 잠깐 있다 갔다. 그런 것 같다. 5분? 10분? 선반 위 탁상시계는 1시간이라고 말하고 있지만.

탁상시계의 시간은 오후 4시를 지난다. 방 안이 어둑하다. 바다 위로 비가 내리고 있다.

해영은 나를 만나러 왔다고 했다. 해영과 나는 방 안에서 창문 밖 바다를 바라봤다. 비구름 가득한, 파도치는 바다. 곧 비가 내릴 것 같았다. 내가 하는 말들에 해영은 그저 말없이 평온한 얼굴이었다.

"바다에 비가 내릴 것 같아요."
그 말을 작별 인사처럼 하고 해영은 갔다. 해영이 가고 조금 뒤 비가 내리기 시작했다. 나는 혼자 방 안에서, 비가 내리는 바다를 보며 해영의 그 말을 되풀이했다.

바다에 비가 내릴 것 같아
바다에 비가 내릴 것 같아.

*

　해영과 만난 건 4월이었다. 거리에 벚꽃이 우수수 떨어졌었다. 그 사람과 나는 약간 떨어져서 사람들이 많은 번화가를 걷고 있었다. 그 사람과 나는 길을 걷는 두 사람이 보통 그러는 것처럼 말을 주고받았다. 무슨 대화를 나눴는지 잘 기억나지 않지만 그날을 떠올려 보면 꽤 낭만적이었던 것 같다. 그날은 그런 줄 몰랐었다.
　해영과 나는 친구의 소개로 만났다. 토요일 오후에 만나 점심을 먹고 커피를 마셨다. 분위기는 대체로 조용하고 어색했지만 잔잔하고 유속이 빠른 강물처럼 시간이 금세 지나갔다. 그 사람의 시간은 어땠는지 모르겠다. 그 사람에 대해 잘 모르지만 그 사람은 낯을 좀 가리는 성격인 것 같았다. 그리고 무표정하고 잘 웃지 않았다. 가끔 허전해 보였다. 그래서 첫 만남이 마지막 만남이 될 것 같다고 짐작하고 있었다.

카페를 나왔을 때 한 무리의 사람들이 어딘가로 우르르 이동하고 있었다. 그 사람과 나는 멀뚱히 서서 잠시 기다렸다가 우수수 벚꽃이 떨어지는 거리를 걸었다. 헤어지려고 할 때, 나는 다음에 또 만나자고 그 사람에게 얘기하고 싶었다. 그럴 수 있다면 그러고 싶었는데 입이 잘 떨어지지 않았다. 그 사람이 나를 어떻게 생각하고 있는지 알 수 없었다. 만나는 동안 그 사람이 무표정하고 허전해 보여서 나를 마음에 들어 하지 않는다고 생각했었다. 그런데 그 사람이 먼저 다음에 또 만나고 싶다고 해서 그러자고 했다. 우리는 다음에 만날 시간과 장소를 정하고 헤어졌다.

그리고 그 사람은 우리가 다시 만나기로 한 날 이틀 전에 죽었다.

해영을 내게 소개해 준 친구를 따라 해영의 장례식에 갔었다. 해영과는 그저 한 번 만나 점심을 먹고 커피를 한잔 마시고 길을 걸었을 뿐이어서, 그러니까 그 사람과 무슨 사이도 아닌 것 같아서, 나는 장례식장 입구에서 들어가지 않고 친구가 나오길 기다렸다. 달콤한 흙냄새가 은은하게 풍겼다. 포근한 밤이었다. 누군가의 장례식장 앞에서 포근함을 느낀다는 게 어쩐지 이상했다. 그렇지만 왠지 모르게 밤이 포근해서, 달이 깨끗하게 밝아서, 기다리는 동안 밤하늘을 올려다보고 있었다. 달리 할 수 있는 일이 없었다.

장례식에 갔던 그날은 해영과 만나기로 약속했던 날이기도 했다. 그 사람의 장례식에 온 건 무슨 사이도 아닌 것 같지만, 그래도 만나기로 약속했으니까. 그 사람에게 아무 일도 일어나지 않아서 두 번째로 만났다면 어땠을지 궁금했다. 약속한 대로 만났더라면. 만나서 식사를 하고 커피를 마시고 길을 걸었으면. 지난번 만났을 때보다 더 가깝게 걸었을까. 아니면 적당히 시간을 보내고 다음을 기약하지 않은 채 헤어졌을까.

밤공기는 포근하고 밤하늘은 맑기만 했다. 그 사람은 너무 일찍 간 것 같았다.
'그 사람은 어디로 갔을까?'
어디에 있는지, 어디로 가는지 물어보고 싶었다.

**

나는 바다가 보이는 숙소 방 안에 있다. 벽에 기대어 앉아 선반 위 탁상시계를 본다. 초침 소리가 들린다. 그런 것 같다.

그저 내가 그 소리를 상상하고 있는지도 모른다. 정말로 소리가 들리는 것처럼. 하지만 초침 소리가 들릴 리 없다. 방 안에는 파도 소리, 바람 소리, 빗소리가 가득하다.

칙 축 칙 축

내 머릿속 시계 초침 소리에 바닷가 습기가 배어 있다. 초여름 6월, 미지근하고 축축한 방. 오후 4시가 조금 넘었다. 아득하고, 방은 어둑하다. 파도치는 바다 위로 비구름이 몰려왔다. 파도가 높다. 바람이 몰아친다. 창문이 덜그럭거린다.

나는 혼자 여행을 왔다. 바다에 오고 싶었다. 할 일을 다 미뤄두고. 그저 사는 일에 지쳐서 그랬는지, 갑자기 왜 그랬는지 모르겠다. 해영의 장례식에 다녀온 뒤로, 바다가 보고 싶다는 생각을 자주 했다. 문득문득 보고 싶어서, 바다에 왔다. 온종일 흐리고 비가 올 것이라는 일기예보가 있었는데 흐리고 비가 오는 날의 바다도 상관없었다. 그저 볼 수 있으면 그걸로 될 것 같았다. 확인만 하면 되는 것처럼. 그래서 확인하듯이, 바다가 보이는 방 안에서 바다를 보고 있다.

비가 내린다.

이곳에는 오후 1시 반쯤 도착했다. 방에서 바닷가가 보일 만한 숙소에 방을 얻었다. 숙소 주인은 빈 방이 하나 있다고 했다. 누군가 그 방을 예약했다가 오전에 취소했다고 했다. 나는 짐도 풀지 않고 잠을 잤다. 피곤해서 잠깐 쉬려고 누웠을 뿐인데 잠이 들었다.

'그렇게 피곤했었나?'

그랬던 것 같다. 꿈도 없이 잤다. 그리고 누군가 문을 두드리는 소리에 정신이 들었다. 숙소 주인인가 싶었는데 아니었다. 나는 일어나서 잠긴 목소리로 문을 두드린 사람에게 물었다. "누구세요?"

문을 두드린 사람이 대답했다.

"저 해영이에요."

내가 아는 사람 중에 다른 해영은 없는데.

"제가 아는 그 해영 씨예요?"

문 하나를 사이에 두고, 내가 물었다.

"네 그 해영이에요."

목소리는 내가 기억하고 있는 그 해영 씨의 목소리였다. 잠이 덜 깼나? 나는 마른세수를 하고 목소리를 가다듬었다.

"해영 씨는, 죽었는데요."

잠시 망설인 다음 문 너머의 목소리에게 말했다. 말해 보았다. 닫힌 문 너머의 해영 씨는 뭐라고 말할까.

목소리가 말했.

"당신을 만나러 왔어요."

"……왜요?"

"당신을 만나기로 했는데 약속을 못 지켜서요. 그래서 만나러 왔어요. 다시 만나고 싶어서."

문 너머의 목소리는 사람일까 아닐까. 해영 씨일까 아닐까. 알 수 없음에 나는 무서웠다. 그리고 뒤이어 슬프고 반가운 마음이 밀려들었다. 무서움은 곧 사라졌다. 그러니까 다시 만나고 싶어서 만나러 왔다는 그 말은 그리 이상한 말도 아니었다. 해영과 나는 그날 다시 만나기로 약속했고, 해영에게 일이 생겨 그러지 못했으니까. 단지 그랬을 뿐이라는 생각이 들었다.

나는 딸깍, 잠금 장치를 풀고 문을 열었다.

김종완

다소 늦은 아침에 일어나 책을 만들고 잠들기 전에 글을 씁니다.

독립 출판물 「김종완 단상집 시리즈」를 만듭니다.

통과해 가는 것들을 붙잡아 소설과 수필을 씁니다.

계절의 변화를 좋아합니다.

바다에 비가 내릴 것 같아

지은이   김종완
발행인   이상영
편집장   서상민
디자인   서상민
마케팅   최승은
교정·교열 신희정
인쇄   피앤엠123
펴낸곳   디자인이음
2009년 2월 4일:제300-2009-10호
서울시 종로구 효자동 62
02-723-2556
designeum@naver.com
instagram.com/design_eum

2025년 6월 20일 1판 1쇄 발행

값 12,000원